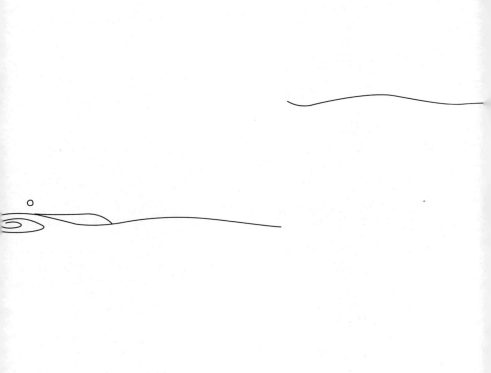

著

# 河流简史

柳宗宣

山西出版传媒集团

北岳文艺出版社

图书在版编目（CIP）数据

河流简史：柳宗宣诗选：2004—2015 / 柳宗宣著.—太原：
北岳文艺出版社，2016.10
ISBN 978-7-5378-4911-1

Ⅰ.①河… Ⅱ.①柳… Ⅲ.①诗集 - 中国 - 当代 Ⅳ.①I227

中国版本图书馆 CIP 数据核字（2016）第 222659 号

| 书名：河流简史 | 著者：柳宗宣 | 责任编辑：李建华 |
| 柳宗宣诗选（2004—2015） | 策划：续小强 | 书籍设计：张永文 |

出版发行：山西出版传媒集团·北岳文艺出版社
地　　址：山西省太原市并州南路 57 号
邮　　编：030012
电　　话：0351-5628696（发行部）
　　　　　0351—5628688（总编室）
　　　　　0351—5628692（综合项目部）
传　　真：0351-5628680
网　　址：http://www.bywy.com
E－mail：bywycbs@163.com
经 销 商：新华书店
印刷装订：山西人民印刷有限责任公司

开　　本：890mm×1240mm　1/32
字　　数：242 千字
印　　张：9.625
版　　次：2016 年 10 月第 1 版
印　　次：2016 年 10 月山西第 1 次印刷
书　　号：ISBN 978-7-5378-4911-1
定　　价：42.00 元

# 日常生活的背面

张曙光

　　宗宣自选诗集《河流简史》付梓，嘱我作序。我一向对这类事情敬谢不敏，因为自己并不擅长写评论式的文字，勉强去写，于人于己都不够尊重，但对宗宣所求却无法推脱。我与宗宣相识十几年了，虽然一直未曾谋面，只是书信往还，彼此间却很相知。另一个原因是我看重宗宣的诗，觉得里面有些因素于诗坛是很可贵的，因此无论出于个人原因，还是从诗歌方面考虑我都应说上几句话。和 20 世纪 60 年代出生的一些诗人们相比，宗宣的诗似乎还没有引起足够的重视，在我看来，他的诗并不比一些名气更大的人差，甚至还要写得更好。这或许是我们的诗歌评价体系出现了某种偏差，也可能出自写作者个人的原因。就我个人的印象，宗宣平时为人低调，不事张扬，他的诗也不是那种炫目的受到普遍喜爱的浮华风格。相反，他写得平实、内敛，有着一种深沉的内在力量，读来会生出一种细细的感动。这感动也许并不强烈，却会长久地萦绕在你的心里，孕化出一种悲悯的情绪。

　　已经不大能够记起和宗宣初次相识的情形了，总不外乎是通过书信或是邮件之类吧。也不大能够记起彼此间都说了些什么，也总不外乎是诗。

诗歌不仅是我们的追求，也会成为朋友间交往的媒介。岁月使很多事物变得黯淡，甚至包括记忆，但诗却变得明亮起来。这本集子汇辑了他十余年间（2004—2015）的诗作，从时间上讲，是他的第一本诗集中作品的延续，从内容和技艺上看，也是他第一本诗集的深化和发展。我想这本新的集子不仅在技艺上更加精湛，更是向我们展示出这十年间他的生活变化与心路历程。让我欣喜的是，这本诗集的编列方式也是很有意味，他并没有完全按照写作时间顺序来编排他的作品，而是将2009年到2012年间的作品放在前面，这样就将他十年间写作的时空跨度清晰地显示出来（从北方到南方）。诗集中的头两首诗呈现出明显的分界线，他是从南北两个向度来展开他的写作场域。

从集子中的诗可以看出来，2012年对宗宣的写作来说是很重要的一年。无论是从个人生活还是创作来说，他开始了一次逆转，开始一种一意孤行的写作，写出了诸如《路过》《汉口火车站》《你的档案全是死者的签名》《身体的遗址》《一意孤行》等诗作，这有些来势强劲的势头一直延续到近年，从诗集的后两辑《旧地游》和《行走的树》可以感受到。他以他持续写作更新了一个诗人的形象，或者说他是以一个新的诗人形象来面世，从中我们会读出他的诗艺上的自我更新或转型。比如他的短诗《写作的享乐》《夏日时光》和长诗《平原歌》《河流简史》。这与他在北方的生活与写作（见诗集第二辑）构成了不同的语言景观。

我比柳宗宣略长几岁，他写作的大的背景我同样熟悉。他追求的平稳质朴的诗风也是我所赞许的，接受起来并无障碍。唯一不同的是我们的生长环境和个人经历，但这反而会引发我阅读的兴趣。他二十七岁开始写诗，起步并不算早，但一开始就写得很成熟。他早期的诗似乎偏重于玄想，到了后来，诗风变得质朴、深沉，特点也愈加鲜明起来。他的诗大都叙事，在这方面我们多少有些接近。我注意到他写过不少追怀亲人和朋友的诗作，甚至也有写给女儿的诗，但处理起来和我全然不同。在我看来，写作似乎包含着两个维度，一是要从个体经验和立场出发，这在今天已经成为一种普遍的共识，甚至被过分强调了。另一个却往往被人们所忽略，即诗人应该努力理解他的时代，通过个体经验达到对时代更深刻的认知。离开了其中任何一点，诗便无从谈起。诗歌的深度和广度应该是经验的深度和广度，也应该包含着认知的深度和广度。

宗宣两方面做得都很好，他的诗带有某种自传性质，并非有意为之，他只是准确地描述自己的生活和内心的变化，哪怕是很细微，我们却能从中感受到他人生的境遇和那个时代特有的气息和氛围。对准确这里也许需要稍作解释。诗歌的准确是靠语言来实现的，如果仅仅把达意当成准确，事情就简单多了。准确不是基于对现实的摹写，而是基于对现实的重构。它不仅要求忠实于外部现实，更要符合内在感受，在展示事物外在形态和特征的同时更要体现出事物的本质，以便在最大限度上切合人们对现实的感知。后者指向一种更高的真实。文学和绘画一样，也有写实和写意之分。前者追摹现实固有的形态，后者则从内心感受出发，对外部形象加以抽象或变形。宗宣的诗应该介于二者之间，既注重对现实摹写，也注重表达内心感受。这并不是一件容易的事情，除了真诚的态度，也同样需要高超的语言技艺。

宗宣在语言使用上很用心，他使用一种经过提炼的日常语言，用词朴素而准确，态度真诚而严谨。他的诗少有鲜亮的色调，像黑白影片一样在时光流转中回放着，展示出人生的况味。他采用了一种近似无风格的风格，多少有些接近罗兰·巴特的零度写作。我清楚要达到这一点是多么不容易，同样清楚态度的真诚和准确的表达对于写作有多么重要，因为任何夸饰和矫情都会损害诗歌的真实。在宗宣的诗中，我们看不到浮夸和矫饰，甚至在必要的情感抒发时也显得节制。在一则札记中，他曾经谈起小津安二郎的影片，尤其是其中的克制艺术——静观的视角："那种被动的态度。艺术家的低摄影：限制了他的视角，为的是看到更多；限定他的世界，图求的是超出这个限定。"从对小津安二郎的理解中我们或许可以领悟他的写作。这里有两个词语值得注意，一个是静观，另一个是限定。前者是为了对世界更好地体察，静观在这里不一定是机位和视角的固定，像小津安二郎那样。"静"可以理解为静默和冷静，是在观察中凝神结思，最终演化成为一种美学上的境界。后者则是以少为多，限定是为了超出，以有限的能指达到更多的所指（小津安二郎也许才是真正的极简主义），与海明威的冰山说契合，也体现出一种对立的因素，艺术也许就是这样构成。我想这两个词用来解释宗宣的写作风格和艺术追求很适合，也让我们对他克制的特点有了更深的理解。

宗宣诗多是写日常生活中的身边小事，克制的原则在材料的选择上同样有效。他从当代生活中的一些细微枝节入手，并围绕这些展开。"喜欢描述日常生活，从非常具体的人和事件中投射出情绪性、观念性的精神因素。"这句话说出了他写作的一个特点。他诗中提到的事件只是与个人生活相关，却能展示出人类的某种处境或生存状态。这种被称为日常化的手法在九十年代以及后来的诗歌创作和批评中被经常使用，却没有被真正重视起来。一种文学现象或写作方法被概括成文学术语，很容易成为一个标签，贴上去就完事大吉，至于标签后面的具体情况则很少去理会。人们常常会说起某些人是叙事性写作，某些人是日常化写作，似乎这就成为这些人的写作特征，他们对作者在使用这些手法时的独特用心和手法却视而不见，而一个诗人真正的特点和长处可能就在这里。

对日常化的理解也存在着歧异。记得在若干年前的一次文学活动中，我和几位诗人读了自己的诗，一位我们当年曾经尊重过的诗人却对这些诗颇为不满，他私底下批评这些诗太过琐碎，而琐碎正是日常化的贬称。它总是通过细节和具体的情境来体现。从他个人的角度来说这也许是对的，因为在他写作的那个时代，诗歌需要反叛和激情，也需要高度的概括。但今天的情况已经不同，诗歌总要跟上时代脚步，它需要突破自身的限制以适应新的变化。如果仍然停留在当年的认识上，理所当然会对今天的写作不满。在他或是和他持有同样观点的人看来，日常性使诗歌变得琐碎而平凡，破坏了诗歌既有的美和崇高。然而他们似乎忽略了一点，正是这种对日常生活的执着与发掘打破了既有的宏大叙事和虚假的崇高感。日常代表着生活的常态，能够更加真切地体现我们的意识、情感和当下的生存状态。如果按阿伦特的说法，历史学家的任务是"将人类的行为从注定被遗忘的虚空中拯救出来"，那么诗人的任务和历史学家是一致的。一些人不接受日常性，也是因为日常性与传统意义上的诗意格格不入。他们还没有从浪漫主义诗歌的审美趣味跳出，仍然沉迷于那些与现实无关的所谓诗意中。

的确，日常性表面上看并不诗意，甚至排斥诗意，然而，它在带给诗歌现代特征的同时也展示出一种不同于以往的新的诗意。这种日常的诗不以激情取胜，也不侧重于象征和议论，而是通过更加具体可感的情境和场景来体现人生意蕴。这一认识在我读宗宣的这些诗时更加明确了。他在日常化方面做得很出色，身边的一切都能进入他的视境，然后转化成诗，回忆，个人生活，日常见闻，一次邂逅，阅读，甚至是路上丢弃的鞋子。这使我想到了美国诗人辛普森一首关于诗的诗："不管它是什么，它必须有 / 一个胃，能够消化 / 橡皮、煤、铀、月亮和诗"。把日常的一切尽可能地纳入到诗中正是现代诗的一个显著特征。他的胃足够强大，那些惯常容易入诗和不容易入诗的形象都纳入他的诗中，处理起来驾轻就熟，而且写得摇曳多姿。他处理细节的能力很好，目光像摄像机镜头一样从周围的人或事物上缓缓移动，并不做过多停留，读起来既不黏滞也不琐碎。

……你把头
探出大巴车窗，几秒钟
路过了水牛缓行的田埂
几百年的河流与村落
你离开，却不停地返回
回到童年的老房子
是多么困难。酒宴上碰到
同乡老人收缩变小的身子
恍惚路过带有厢房的老屋

　　场景和时间在大巴的行驶中缓缓流动和变化。这种日常的情境更能显现生活的本质。如果我们对日常化不是简单理解，就会看到，日常化不单是写生活中的日常事件，而且也会把一些不那么日常，即生活中非常态的事件常态化。宗宣的诗，偶尔会涉及人生较为重大的事件，但他会做出常态化的处理，如在《上邮局》中他这样写：

今天想到你的死
父亲，你是用激进的方式
了结自己。在往邮局
发信的路上，我决定离开这里
单位快倒闭；院子死气沉沉

　　父亲的死（哪怕是在回忆中）和自己即将失去工作都是人生中不堪忍受的重负，但他却努力压制着愤怒和沮丧，用一种平静的语气说出，并在意象间迅速转换。这种将重大事情常态化的做法别有深意，它向我们展示着生活残酷的一面，同样也似乎在告诉读者，这些其实是平常不过的事情，会经常发生，和我们每天的生活并没有多大的不同。

在一首诗的题记中他引用了波德莱尔的话：我陈述我之所见。他曾提到波德莱尔对他的写作产生的影响，这句引语或许能够进一步表明他的观点。"所见"是当下的，是真实发生的，甚至也是日常的。这种"所见"可能是有意识的，也可能是无意识的。它是我们与现实和世界发生联系的介质。我们通过所见可以让自己的视野变得开阔，更广泛地激发写作的灵感。所有这一切，过去的生活和当下的生活，乡村和城市的自然和街景，都是他观照的对象，甚至在旅途中的一些场景和见闻也会成为他写作的素材。他的一些诗是在旅途中观察所写，景物的转换与诗行的流动相得益彰。他这样说，"一首诗在写作者看来就'被看见了'。诗的情感就是能被身体感知的客观化的空间，也是可以被看见的。然后，一个写作者要做的工作是呈现，把那首可能的诗构造出来。"一首诗的意义也许就在于揭示这种内在的情感，但它仍然要附着于外在的事件。内在的情感在被感知的同时就是客观化的过程。于是看（静观）有了双重的含意，一是向外的凝视，一是向内的省察。正像他在提到小津安二郎时所说："日常人事的美善，人生的无常、易变，那细微的哀伤和暗流涌动的人性幽暗及复杂况味在这抑制中纷纷出场。"这种对于当代生活的执着成为他诗歌写作的一个重要门径，也是我们理解他的一个重要门径。在他看来，日常生活并不仅仅是我们周围发生的一切，它还包含着我们平时观察不到，甚至也是无法理解的内容。

> 日常生活的背面晃动着
> 亡者的面影，他们说过的话
> 纠缠我，在阴阳两世出入

决绝，无所顾忌，代替他们

这几行诗让我感动。透过那些纷杂的表象，我们看到了日常生活不为人知的一面。日常代表着现在，也同样包含着着过去，我们熟悉的生活背后是一个陌生的世界。这个世界与我们息息相关，就像一枚硬币的两面。正因为这样，"我"所看见的不再是单向度的了，出入阴阳两界的死者们也给我们带来了彼岸世界的信息，把两个世界联系在一起：过去和现在，生和死。宗宣的一些诗多次写到死者：父母、朋友和熟人，他仿佛在和死者面对面地交谈，自然得就像在田边谈论着天气。在一首诗中，他历数着死去的熟人，仿佛在为死亡开一份清单，或是在为那些死去的人撰写碑文。诗的结尾出人意料："没有生死，只有面前 / 一个光亮闪现的空无"。这种貌似的超越更像是一种自我安慰，反而衬托出生者的沉痛。那首怀念父亲的《藤椅》诗应该是同类诗中最好的一首。

最后那把椅子也帮不了他
他依靠了那根绝望的麻绳

没留下什么遗迹除了这把椅子
他的遗像也不知放置什么地方

诗从一把藤椅入手，短短几句便写尽了生前身后事。他平淡地写来，无一句写到哀伤，但哀伤自在其中。在另一首《俯视的目光》的诗中，他这样写：

吃惊于熟悉面孔在变老

他们从你面前走过

有的，已经走失了

再也无法见到


　　我想到了《世说新语》中王孝伯和他弟弟的一段对话。他问弟弟古诗中哪个句子最好，然后自己徐徐回答，就是那句"所遇无旧物，焉得不速老"。他所以看重这句诗，不仅在于它切中了生命的本质，也映射出魏晋人的心态。但宗宣没有发出类似"焉得不速老"的感叹，仍然保持着自身的特点，引而不发，点到即止，但一种人生的悲凉却透过诗句缓缓向外溢出，带给我们一种虚无和驱之不散的沧桑感。

　　宗宣的诗平实而朴素。在我看来，作诗和做人的态度应该是一致的，至少是在相互作用。我们从一个人的诗中约略可以看出一个人的性情和人生态度。在一次访谈中他谈到喜爱陶渊明和纽约派诗歌。生活在一千五百多年前的以田园为背景的中国诗人和生活在20世纪大都市的纽约派诗人之间又有着怎样的共同点？陶渊明选择了一种近乎农民式的乡村生活，是为了最大限度地保持心灵自由，他写的却是身边事，耕种，锄草，喝酒，读书，游览，甚至乞食。纽约派诗人们作为身处20世纪最繁华的大都市中的艺术家，诗中充满着城市中的日常细节。街道，地铁站，唱片店，约会，午餐，俯仰皆可为诗。事实上，他们都是在写自己熟悉的生活，把发生在自己周围的一些平常小事转化成诗。

　　只有真正的诗人才会具备这样的眼光和能力。他们的语感亲切、自然，很少姿态感。后者同样重要，代表着一种自然、率真。诗人需要这种态度，同时也要保持足够的谦虚和清醒。他应该意识到，真正应该追求的不是名声，更不是话语中的权势，而是通过不断锤炼自己的诗艺，努力探求和表达自己内心的真实。自我炫耀和过多的姿态感最终会对诗歌和自身有所损害。诗歌一方面如布罗茨基所说，是高度个性化的，是免遭奴役的一种方式，另一方面，它也可能成为名利的一个陷阱。当诗人热衷于名利地位，标榜成功和征服，变得浮躁和功利，就开始远离诗歌和自我了。诗歌高贵，但并不意味着诗人高贵，除非他通过诗歌写作使自己的人格和精神境界得到提升。诗人除了写诗外，并不异于常人。如果诗人比起常人更加优秀，只是因为他保持着一份平常的心态，把生活和写作统一起来，在生活中发现诗，并使自己的人格境界得到提升。

在宗宣的诗中我们几乎看不到任何姿态感，相反，他似乎向我们展示出一种追求平凡的努力：用平常的心态抒写平常的事物，以便"从生活的朴素进入到诗本身的朴拙"，这是很值得赞许的。难得的是他把写作与人格的修为联系在一起，把个人修为和诗的境界联系在一起。"写了几十年的诗，最后发现它是你人生修为的承载形式，人修行到什么程度诗的境界会随之相配衬。陶潜的伟大就是他的一生的身体力行。"这些话深得我心，诗的境界与诗人的修为密切相关，如果诗歌写作不能提升诗人的境界，无论它会带来什么，最终也是徒劳无益的。对于真正的诗人来说，真诚地抒写内心也许更为重要。写诗不是一种工作，而是一种生活方式，对有些人来说，甚至也是一种宿命。这些年来，宗宣一直在默默地写作、探求，这部诗集就是一个最好的证明。我写诗略早于宗宣，到现在已经有三十几年了，诗歌到底给了我们什么，或者能够给予我们什么，我至今说不清楚。也许诗歌本身并不那么重要，重要的是它带给我们的对生命独特的理解和体验和我们对待诗歌的态度。这也是从宗宣诗歌中得到的一点启示。

（张曙光，黑龙江大学教授，当代著名诗人，诗歌翻译家。出版诗集《小丑的花格外衣》等，诗学专集《从现代主义到后现代主义——二十世纪美国诗歌》，译著有但丁的《神曲》《切·米沃什诗选》）

# 辑一　身体的遗址（2009—2012 年）

## 辑二　棉花的香气（2004 — 2008）

## 辑三　旧地游（2013—2015）

## 辑四　行走的树（2013—2015）

## 附　录

**辑一** 身体的遗址（2009—2012）

# 今　晚

今晚，所有的人事向那栋房子涌去
死去或活着的，往来或断了联系的
它们朝向南方，那个五楼的套间
女儿柳莲子回到她的出生地
重新穿上实验小学黄绿相间的校服
母亲从幽冥回到给她买的蛋糕前
露出她的龅齿。沉河回到那里
1995年春末，黄斌、夏宏
带着他们的妻子，团聚杯酒前
宇龙子夜电话中的声音
停顿在那个空间，和他的书信
交叠在一起。鲁西西护送
五八六电脑，从武汉到潜江
我站在1999年某个黄昏
打量潜江县城的楼群
我想着离开：家具。图书。吉他
独生子女证。讲师职称。工资卡
被丢弃在那里
在那里的日子，过完了
今晚，我却回到那里
两只燕巢重现阳台一角

走失的燕子飞回我们的头顶

女儿和我在窗前观望（母亲在身旁）

雪落到房子的楼顶，小丝穿着

枣红色外套坐在茶水旁

可君带来武汉的炎热，红色Ｔ恤

映衬狭长书房：诗稿。圣经

本雅明的单向街。荆州的警察

当尚健离开就站在了我面前

洁明闪烁间，不见了身影

从客厅沙发；高蓬新的电报落在

圆形茶几上；江雪涂鸦的油画

重新挂在客厅。那个外省诗友

犹豫敲响铁门，在厨房用了他

流浪途中潦草的晚餐

今晚，从北方皇木厂回到

那套曾经属于我的房子

不得不放下，像当年不得不离开

母亲不得不死，松开手中的零钞

风中的狗吠吹开北边的窗户

生者与死者碰在了一起

煎过的草药倒在地上，气味酸楚

氤氲不散——停驻在那里

2009-5-28，北京三里屯

# 北方旧居院落的石榴树

北方旧居院落两株石榴树
它们可站在那过去的院子

这异地途中碰见的熟识花蕊
纷纷滴落，一点点溅红草地

守候自己的时序——每到初夏
花朵疯狂炸裂，果实压弯枝条

枝条垂接地面，零落腐败
被阳雀啄食，或虫子蛀蚀

你观望它们，年年无知地开落
虚度蒙昧时光。以为永久居所

最后慌乱离弃，来不及回望
它们不挪半步，在空寂庭院

此生虚浮不定，而家寄何处
——四处迁徙，不停地逃离

唯见海水桄榔林的所在
身为流人，不得居官屋
运甓畚土，筑就"桄榔庵"
哪里皆造屋，流徙的各处

遗留他的建筑。海舶托运
接济的米酒药物，传递家书
在茫茫海峡。当特赦北迁
驶向波峰浪谷，离去也未见
紫光闪现，窃喜和庆幸

正如他的到来，没有嗟叹
与伤感。来去的淡然漠然
映入海容天色的澄明化境
海水奔涌托送的木船上
停歇着一个虚静的行者

2012-2-15，海甸岛

# 身体的遗址

你把旧金山的孤独带到武汉
深夜转钟三点，房门泄露

一线灯光。你守在计算机
和床头的杂书前，无法入眠

你浩如烟海的穿行，逼现
——我越来越狭窄的前途

我们经历的城市，三十年
变了容貌无从辨认，寄居而已

一条高速公路通向老家的旧宅
在这国家生，也在这个国家死

能寄什么幻念——忆起五十年
我们的光阴，重温身体经历的

男欢女爱，以此打发迫近晚年
的孤寂。性事的娇贵与神迹

一个亡灵，突然在面前闪现
（曾经的同事，守旧、怪癖
没到五十死了）你不能那样活
血液在呼喊——你要去抚摸
外面的世界，不可估量的铁轨

梦境中，在这里你追赶火车
奋力奔跑——行李上车了
却被罚在这里，不得离开
跟随缓缓开动的车厢，追赶
登不上去，你在原地跑动

分身两地。在同质的国家
四处潜伏的牢笼伺候你钻入
把你套牢。无处不在的权力
轻视并役使你；你动用过它

被它困扰。脱离不了的羞辱
你受够了那可笑的省籍歧视
身份的焦虑压迫敏感的神经
本能对抗，练习逃亡的技艺

虚弱与无助。过度依恋故乡
你的长相你的方言你的胃口
你的血液协助你返回，解救

被罚在站台上奔跑的家伙
（逃离之地反成安抚的巢穴）

你患病了。勉强在某单位混着
勉强在汉口某条街道晃荡
肯定病了，从一个牢笼投入
另一个牢笼，慌乱中喘息
无路可走，遗忘了身边的

火车站。勉强在这世上待着
诗勉强写着（这残生的理疗术）
牙齿松懈，维持本能的咀嚼
不去看医生，不会带来奇迹

一列银色子弹头火车停靠在
隧道上面，准备进站或出发
隐在单位的围墙，摩擦的人事
玻璃缸中小金鱼——懵然戏水
被主人喂食，如同领一份薪水

却困缚于此。你想离开，听到
隐隐汽笛声，车轮轰响滚动
一个声音说，你不属于任何城市
姓名不会写在集体的花名册上
不属于任何等级，一个游荡的影子

（火车站——你身体的出口）

路过的隧道上面，一列火车
隆隆驰过，撩拨血液的喧响
走出周围杂乱凄凉的破房子
离弃灰霾天气。某协会的研讨会
皮影戏的选举。寺庙的红色标语
（你的身体是一座喧响的火车站）

吵闹着再次出发——两只白鹭
跟随火车头滑行——天地开朗
（最困难的时刻，已经过去）
从虚空的车厢，找到另一个自己
你们归宿于一辆逃离的火车

（你住在哪里——汉口火车站
汽笛长鸣，从你的身体启程
骨头吭当作响，心气蓬勃离开这里）

2012-6-18，汉口牛皮岭

# 路　过

从沪蓉高速公路穿过老家
铺满油菜花的田野。亲人隐在
春天的花木草丛间，你把头
探出大巴车窗，几秒钟
路过了水牛缓行的田埂
几百年的河流与村落
你离开，却不停地返回
回到童年的老房子
是多么困难。酒宴上碰到
同乡老人收缩变小的身子
恍惚路过带有厢房的老屋
黄丝雀啄就精致的巢穴
在屋后桑树，一晃就消隐了
在外绕了一圈，你回来
瞬间路过同学短促的青年
和无路可走的晚境
从职业培训中心经过
在此度过十五年的光阴
仅有一次的青春
围墙外消逝的田园
你用了两分钟路过了

门前的标语。铁栅栏上

蹦跳的两只麻雀

女儿的出生

和她奶奶的葬礼

住过多年的房子外墙晦暗了

早逝的曾经的同事列队走来

你有些紧张地路过他们

蹲在墙角的面影

转弯处，矩形的城南酒店

你像旅客，从窗户探头

观望县城的阴云，发现自己

真正离开了这里

你用十五年完成的逃离

此时，几分钟就路过了

一辆快速列车正路过这座县城

路过而不停留，银色子弹头

穿过这里正在变坏的空气

一下路过了正在路过的你


2012-6-20，湖北潜江

# 藤　椅

——父亲不在了
那把椅子还在那里

用淡绿色塑料秸编织的藤椅
父亲哮喘病发作，无法睡眠

缓慢起床，颓坐在上面
一张拐杖搁在右边的扶手

父亲要我把藤椅从城里
送回老家——这是他对抗

疾病的依恃；紧紧背靠它
不正眼看人，对你不抱指望

最后那把椅子也帮不了他
他依靠了那根绝望的麻绳

没留下什么遗迹除了这把椅子
他的遗像也不知放置什么地方

阁楼蒙上尘垢的淡青色藤椅
孤零零与废弃的犁耙在一起

我看见了父亲，蜷缩在上面
（一张面容模糊的肖像）

2010-11-5，汉口牛皮岭

# 48 岁的自画像

现在，我疏远着外面的世界
到处是雷同的房子和街道
只有那花坛间残余的植物
区别开每座城市：广州的红棉
是武汉没有的。我喜欢江城
故乡的省城，让我快速回到
早年生活的环境：江河湖汉
农舍庭院。泥土的道路
在日记写下"田野是我的宗教"
它是我信靠的事物，不来自书本
而是从经验与感悟中得来
你忍受不了办公室空气的不公正
在那里待久了，身体会浸染
体制的怪味道——近年来
对情爱也有了新的认识
不再相信男女间的神话
那可不是神送给我们的礼物
说来好笑，现在有些恋物
在新装修的房子，抚摸
如愿得来的檀木紫砂茶具
日常生活的背面，晃动着

亡者的面影，他们说过的话
纠缠我，在阴阳两世出入
要决绝无所顾忌，代替他们
我发现在书房的时间总是
过得很快。一个多维时空
荧光灯下，时间的头发
飘白了。在这里，可以说
你找到了不错的藏身之所

2010-9-18，汉口怡菊院

# 友人家中寄宿的两夜

什么时候能摆脱对酒的依赖
从北方回来，在武汉协和医院

我把自己遗失了几个小时
葡萄糖点滴让人恢复意识

从昏迷中苏醒，看见你
睁开眼，你出现在急诊室

把我带往香江新村。沿路的酒气
单人铁床上，一夜嘈杂的梦境

身体分裂成一个个多余之物
它背叛了我，几乎带不动它

十年前某个夏夜。躺卧在你
宽大，铺有凉席的双人床上

汉口火车站的汽笛声隐隐传来
我在逃离过去的单位。前途未卜

你的沙发罩有钩花布，茶几上的
花格子布料，上面是光洁的玻璃

客厅散发你们新婚的温馨
在那里，我只留宿一夜

半夜醒来，在阳台上旁观
武汉的灯火，通宵未眠

我说我反对商业，它让我
和一张安静的书桌分离

酒气中，把内部的风暴释放
却付出几乎死去的代价

睁开眼，你听我说着酒话
百年生死梦幻，还可以醒来

一杯水放在茶几。一张便条
"水在旁边；醒来就叫唤我。"

2010-9-15，汉口香江新村

# 给 女 儿

你外出。挎着背包手持公交卡
熟悉武汉公交线路。办房产证

上驾校练习倒车。我能看见你
街市人群中，独自穿行的身影

就像上幼儿园从栅栏跑出去了
在潜江小城，我们四处找寻你

路的拐弯处，墙角和小商店的
柜台前，晃动的都是你的身影

（你走不出视线，在这人世
牵引了我一生的注意力）

那年，在地安门112电车上
困倦睡去，醒来突然想到你

女儿——你要的挎包会有的
爸爸在逃离，自救然后解救你

——那是和你开始通信的日子
你把我的信藏在宿舍枕头下面

穿过京城的明暗，你回到客厅的
灯光中。你说你在交错的地铁

坐反了方向，推迟了回家的时间
我擦拭你的脸，由哭转笑的泪滴

地铁人群中目送你：一步步走远
个子变高了脑袋在发育，从戴红领巾

的小朋友到害羞的高中生，从南方到
北方，我的女儿忽然变成一个大姑娘

带着相似的长相或血液相传的神秘
我怕自己的苦难，在她的生活复现

从大连至北京的班机的窗舷你张望
在私家车后排话语连珠当我从武汉站

接到你们驶往新居，抑制不住的欢欣
也看见你转向我的泪脸，无助地

坐在身旁（你失恋了），半夜惊醒

就像多年前曾经的伤痛。我陪着你

江滩散步，绕开树下亲昵的男女
（你面容恍惚，有时强装欢喜）

指给你看，跨越长江斜拉桥的弧线
江边芦苇的迁变和秋天开阔的江面

把你的身体托起，借助江水的浮力
松手移开，让你体会水的柔软和危险

（多给点时间给女儿，一个男人
爱她，但不会像你，这样持久）

在异地奔走的绿皮火车窗口，我想
最后要放下到了时候你什么都得放下

2005-6-18,初稿于北京,2010-6-29,重写于武汉

# 俯视的目光

在错乱集市的小餐馆
吃惊于熟悉面孔在变老
他们从你面前走过
有的，已经走失了
再也无法见到
从北方，回到这里
空间的疏离与闯入
让你看见他们的衰老
（瞬间白了黑发）
如果你从不离开这里
和他们同处一个时空
浑然不觉，不会震惊于
时间在他们身上的作用
好像你的抽身离开，中断
与他们共有的空间，回来
就是要看见他们的老态
这座小城的破败
那些熟悉的旧房子
好像还是从前的模样
（其实，它们也在变旧）
故乡，记忆中的一个地址

我们的活着，在这里出现
与无声消隐，能有什么意义
面前行人交错，他们的走动
和怀揣的动机，不值一提
时光匆匆，不允许我们
压抑地活着，或执着人世
（我看见一个人，在高处
另一个时空，他俯视的目光）

2009-5-10，湖北潜江

# 你的档案全是死者的签名

你再见不到他们。柳保炎
死于肝硬化，从关怀章口中
得知，他们却相继离世
李万山，勤发餐馆的小老板
我们师生集体到那里聚餐
他的抽屉可能残存你的账单
四十二岁死于胃癌，遗留
两层小楼给两个儿子
你的讲师证书留有赵永茂的字迹
他的人生像手中持续燃烧的香烟
一会儿就没了。女学生蒋茂珍
来不及享受青春或性爱
猝死于车祸。她曾经的呼吸
等同于无。在生活过的地方
没有你想要去寻访的人
你的档案全是死者的签名
你把它从县城转移到
省城又有什么意义
你虚荣、荒诞、虚空地活着
想起他们：薛杰（同学的岳父）
建议出版诗词集而他半月后辞世

祝明忠，早年的诗友客死异乡
一个不断逃离家庭和故乡
反抗生活的人最后被死亡制服
你没有参加堂姐柳丛英的葬礼
古稀之年，你们曾相聚
在流塘口，往她荷包塞放钞票
那是提前的告别。知青王祥光
1947 生于武汉，2008 年卒于
后湖农场医院。他的肖像
和教给你歌唱的新疆民歌
残留在忽明忽暗的身体一角
他们以自己的死让你知道
你暂时活着。你的幸福无人
分享；困苦无人分担
在世有着被抛弃的孤单
让你忘掉他们，曾经的生与死
——没有生死，只有面前
一个光亮闪现的空无

2009-6-30，汉口黄孝河路监察局招待所

# 车过东湖路忆武汉女知青

晨雾中的磨山；女人的发髻
后视镜中的珞珈山如静女临波
拱桥起伏，顺着湖水的浪痕
波及到武大医学院的草坪

美唤醒了时光深处的你
乡村中学的讲台。修长的大腿
你的声音演示的化学方程式
析解不清那少年眼中的迷幻

身体的悸动——教授的女儿
照亮了乡野，是另一种教育
你考学走了，离开了我们
那梦幻影像，文字的海市蜃楼

美如山水自然天成。拱桥起伏
顺着波光浪痕，连绵滑翔于你
从幽深的记忆（你在何处变老）

而梦回到相遇的瞬息，靠近
你的声音，和青春的身体

你的音容漫漶，梦在梦中展开

那保存在过去身体中的美感
十六岁的相遇，像早年月色
启蒙了我——有一种美

在异域，引领我在世上观看
发现，并保持赞美。它破碎
却同这湖光山色一起涌现

2010-4-20，武昌水果湖

# 烟 草

车过武汉卷烟厂，闻到了
几秒钟熟悉的烟草气味
童年老家屋前房后种植
一片片阔大叶片的嫩绿烟叶
它有个好听的学名：相思草
这茄科类植物连同番茄、辣椒
马铃薯在过去村庄随处可见
被父亲收割，阴干后堆积发酵
绿叶捂成金黄色，然后
用庭院的草绳吊晒成褐色
被父亲取下，切碎成烟丝
用簸箕盛放它，在篱笆晒焦
或淡或浓的烟草味若有似无
父亲从水田回来，双腿黏附泥浆
他用收留的烟叶独自包卷烟丝
有时，撕扯下我用过的小字本
一个人在厢房制作，或蹲在
门前，用力吸着他的手卷烟
最初的辛辣味呛得他咳嗽不止
粗糙烟卷离开唇齿，但不离手
他皱眉头擤鼻涕继续点火抽吸

烟头便火光闪现。淡蓝色烟丝
缕缕宛转上升。泥土的堂屋
开始扩散烟草的浓烈的香气
他酱色的脸被烟熏拂得舒展开去
这是父亲一生持续的辛酸的享乐
这是我熟悉的烟草气味，父亲身体
特有的气息。祖先传下来的气味
随着他们消逝而退隐，这烟草味
我们的故乡——随之隐退而消失

2012-6-25，汉阳人信汇

# 停驻汉江泽口码头

这江水这穿行的货船这对岸的村庄
几十年前看见的，它们还在这里
停歇在渡口等候摆渡的普通男女
好像还是多年前的那一群
你是他们中的一员。如同浑黄
流水和江上风光使他们心旷神怡
你一样神清气朗。几十年后
这河流这货轮这对岸的树林
面前等候过江的男女还在这里
大西洋彼岸在布鲁克林渡口
张望的大胡子惠特曼，此刻听到他
粗犷性感的嗓音，浪花拍打堤岸
鱼梁渡头（往汉水上游望过去）
一个叫孟浩然的男人跟随
争喧男女向江村，舟归鹿门
越过他隐居的襄阳。汉水北边
鄂西郧县的西河码头，江流绕过
磨盘石，直至嶓冢山（它的源头）
这穿越许多省份的汉水，流经我们的
江汉平原（支流与平行的长江
沟通。穿过岳口、沔阳、汉川、蔡甸

在汉阳，完成它们最后的汇合）
——汉水漫溢到附近的东荆河
试探着流过平原的腹心：潜江县
河边小镇，绕过无名村落拐入洪湖
与长江发生交流。万河朝宗于海
故乡的田关河就死在东荆河的岔口
老家门前的中治渠在通往汉水途中
死在了田关河。在汉水与长江之间
冲积而成云梦泽国，条条无名河渠
在通往大江大河的途中消失了
前世叫鸥鹭的袁中郎，他的泛凫船
在长江优游。他把自己交付江水
随波流转终其性命。最后改变方向
（经运河北上赴考，客死异乡）
著名屈夫子离开郢都，郁郁不通
于长江和夏水[1]之间，他徘徊
孟浩然飘流到此，为共天江水撼动
欲济无舟楫。他寂寞地涉回
和汉江相连的襄水，老死在那里
（天边树若荠，江畔洲如月）
他的诗句同这江水相互叠映
这流淌的汉江来往货船对岸的江树
几十年前看见它们，现在还在这里
停歇渡口等候到对岸去的成群男女
好像还是多年前的那一群。这码头

这古老汉水弯曲东流前往琴断口

在那里转了好几道弯，最后消逝

不，它与长江平行流淌从未走失

【注释】

[1] 系汉水别名。

# 旧居停留的两分钟

几十年前它空阔。那么大的房子
你这样自言自语。现在它变小了
局促的，缩水变形的旧房子

事物不是客观地展示它自己
随着观看者的意向而变化
庞蒂的现象学适合对旧居的观看

你的身体隐含另外的参照或中介
改变房子的空间，或者说这房间
就是你的身体，此刻被它打量

相互转化或可逆。你就是时间
的涌现：那消隐了的时光碎片
或生活事件——纷纷站了出来

母亲落气在客厅西边的小房屋
松开手中的零钞。眼睛闭上
房门随之关合。新来的主人

即便整修，时间的痕迹

随眼能捕获；旧窗帘从新床
一角露出。你来到阳台观望

燕巢没了。装修毁掉了它们
燕子惊悚喊叫，好像在怨怪你
为什么离开，让它们流离失所

电话从北方拨到这里，母亲提起
话筒——唧唧的叫声参与进来
从景山后街出门：一只燕子在飞

租房过道墙顶，两个泥色燕巢
对于你的出走，燕子的无奈离开
放弃追问，保持无法回答的含混

妻子和女儿，共生出不同的回忆
房子被迫出卖，她病过一段时间
郁郁伤痛——身体某个器官忽然

开裂，从她的身体。你回不去了
你的青春她柔滑内衣一本床头书
再一次丢弃——变得空空落落

绿色邮箱空在那里，蒙上灰尘
没有了写信和收信的人。空邮箱

仿佛主人脱掉的过时的绿外套

一件容器。盛有你们淡忘的往事
个人的记忆和情感，交织在这里
你和他的混合空间。半夜醒来

从北面的阳台上厕所：子夜街道
橘色路灯下空无一人。世界如斯
孤寂虚空——你们摸索着回到床上

2012-7-28，湖北潜江

# 守 夜

这是我们的最后一夜
明晨，你就要化为灰烬

你的身体还在冰棺里
还能面对你说话，哭诉

我们守候着你
夏日黑夜，草纸灰烬里

你的身体还在
魂魄却出离了它
尸身被白布包裹

鼓乐和丧歌在侧
你无声不息，魂魄散逸
明晨将尾随你的身体
变为青烟散去

我们成了埋葬你的人，你的孙子
替代了你儿子，乱了秩序
让你白发送黑发人。你的女婿

从外乡来到我们的家族忙碌
这是最后一夜。你的亲人
为你守灵，而你无法听闻

你把房子你的家族这片田野上
的夜色统统遗弃，你将虚化成
一股青烟，然后变成魅影

经历了过多的这样的黑夜
这古老的葬礼。我们把死
也看得平常，没有过分的

忧伤和悲戚，像你在世的认命
你无法对我们诉说与它的遭遇
对死神的感知，我们不谈说它

但我们顺从。黑夜里我们挨在一起
丧歌与鼓乐在侧，鞭炮声断续响起
这是我们和你的，最后一夜

2011-6-12，为堂兄守灵作

# 复　调

你不知道，我现在到了
通往黄陂木兰湖的路上
车穿过隧洞便是下石村
道路开始和山冈一同起伏
王家河从丘陵草丛蜿蜒向南
白茅抽出丝绒状的花穗
大片地夹道簇拥，倾向于
跳荡而至的车辆。就在车
下坡滑行的缓冲地带
那是我们曾经路过的
你哼起了歌谣的地方
我想，你在城里干什么呢
我独享了这里的夏日景色
小满节气。麦子由绿变黄了
木兰山麓水田停歇的白鹭
成群飞起，同车内长号的旋律
协调着。车驶入夏家寺水库
弯曲的堤岸——几个月前你
牵着爱犬，在此停歇
去木兰湖多岔路，我愿意
走歧路——探入一个个

寂寞的荒芜的小山村
似乎被遗弃。迷恋这里的
颓废之美，悲观的享乐
或幸福的凄凉。我在意你
山中的疯癫得到你的响应
此地风水甚好，随处可见
湖水波纹。从租用的石砌房
出门可绕入山冈的槭树林间
这里连茅厕都是用山石围成
布谷在绿树鸣叫。戴草帽的老阮
问起你，如何没有一同到来
轻轻刹车，惊飞斑鸠或猪獾
碰见那个猎人肩荷祖传的
猎枪。我愿像他守护这片山林
在这里转悠。城里的孤寂感
让山间风物收藏了。车爬上高坡
滑向何家洼，plaisir damour
的曲子激荡起失落已久的爱
我把车子撂在山路，匆匆隐入
铺满香樟树落叶的弯曲石径

2012-4-21，为 cxq 作

·043·

# 大别山中

贫穷让这里的山民看不见
风景。他们到城里去受苦
大门紧闭——铁锁锈蚀
鸡犬声也听闻不到了

我们驻车观望绝佳风水
最后还是离去，回到城市
你贪欲这绿树山石间的院落
我可不想拥有外在任何东西

野趣用来路过。水塘被草丝
覆盖。湖光山色被开发商
兜售。小学校舍被村长所有
转租。老板承包寺庙赚香火钱

人事糜烂，山林不理迁变
唉，一晃我们活过五十了
当樟树落叶层叠铺满山径
踩上去，吱吱细碎的响动

唤起的是哪根审美的神经

还是野花美啊，祖母粗布花衣
的图案模仿的就是这路边野花
此生可是把自己当诗人来塑造

怜爱山水自然与象形文字
和这身体周围鸟鸣的韵律
背对陡峭山石与坡地杂树
落座其间，闲聊兼听风声

身处大别山，另一个自己
还在东北边城的绥芬河走动
近年身体可好；晨练跑步
唉，人颓废着走往下坡路

却力挽衰败。历经了也明白了
人世究竟。我们爱过的女人呢
曾经热烈，淡薄，最终无声息
你爱了是因为你爱了，而不是

因为有爱存在，所以不停地
修正那让人羞惭的爱情诗篇
男人到了七十是否还有性欲
——山间四周的虫吟与轻风

忽然停歇，静默得似有若无

到夜幕下的山水间走走
可在湖泊传出慑人的叫声前
止步——山中黑魆魆得可怕

自然之爱得克服本能的恐惧
什么鸟在叫鸣：粗犷短促
寂寞叫声落在话语的缝隙
（你们停止闲言碎语）

侧身倾听，它停顿后的啼鸣
气结声粗——这鸟藏身何处
从来没听过这么奇怪的鸟声
这不是寂寞，是绝望的叫声

2012-8-29，赠 ax

# 反季节

我用了一个小时从冬天到了
夏天。一路上不停地脱
脱衣服，热带火车站
明晃晃的阳光。少女们
的长腿刺激炽热的空气
我坐在面向大海的露台
身穿印有椰树林图形的短衫
而你封闭于空气腐败的屋子
那里大雪铺盖枯树和荒野
你们的空间只有灰霾和办公室
局长吐出的烟气；我的视线
涌现墨绿大海。一只海燕在飞
从海水脱离身子，像只海龟
爬到温暖的沙滩，晒着太阳
直到身体的白色盐粒出现
朱蕉木瓜树还有性感的槟榔
绿绿的在自己的季候呼吸
嚼槟榔的黎民在插秧。水牛们
散布镜照的水田（南国植被中
灵动的点缀）你们说是反季节
它们从来就在自己的季节里

顺应这里的气候就没有反过
和你们从来就不在一个纬度
我的词典只有热情，像这里阳光
一样火热，从来没有冷漠
放下书卷，从书房里出来
像个幽灵，和这个时代反着
我听披头士你看样板戏你读莫言
我看高行健的《灵山》你当秘书
协助市长上厕所我独自在山中裸泳
你在收费的核心刊物发表论文
我策划民刊为它取名叫《反对》
在PM2.5的尘霾中，你晨练
或匆匆赶赴一个选举的会局
我正呼吸有桂花暗香的空气
你们亡命地挣钱我忘情地写诗
你们往中百超市往旅游点往西方
我往洞庭湖泊往东方的无名小镇
总是反着——我和你们错开
我们从来就不在一个境遇里
我的身体到了冬季，五十多了
正过渡到属于自己的晚年
对于我，词语的生命正年轻
要经过多少次反叛与转化
去成就，它与寿命是反着的
一生这样处在不停的反抗中

我就是这样反手走过来的：反骨
反向反常反攻反串反唇反演反经
反比例反精神反物质反函数反变层
反向器反吞食反粒子反渗透反季节

2012-2-15，海南三亚

# 通往海湾的路径

海水的浮力不同于江流和湖水
似乎用全部的蔚蓝，托举你
你的少年在云梦湖泊，青年在长江
年近晚年，把自己的身体放置大海
这通往海的路径，整个地穿过了
你的大半生——从冬日海水脱身
到沙滩日光浴，阳光烘烤你的裸体
呈现白色盐粒。你再次来到海浪中
还尝了尝海水（血液最初的咸味）
海水吸纳世间的喧嚷，它的涛声
一遍遍抚慰你。娇小的黑燕鸥
在飞翔、寻觅，几乎一无所获
日子过得比你还苦。放弃思虑
没有必要就不说话，在海面前沉默
你看它的开阔与碧蓝，纯粹与气魄
无国无家的飘荡。你不必在海边
自怨自艾唠叨得失。面对大海
坐立在石头，默念静观，等候开启
或沉入不停歇的搏击（一种教育）
就这样，你日日走在通往它的路上
经过海岸蓬勃茅草和未被人工修饰

的荒野，槟榔树和椰林在道旁

一段泥土路或没有路的路径

海鸥在那里，把身子融入海水

发现自己的孤立，而它就是依恃

你变得纯粹金黄，像海水冲洗的沙粒

连沙尘也不是，就像乔乔[1]在沙滩写字

被水浪抹去，了无踪影，你什么都不是

大海还是大海，将抛向它的垃圾退还

不理会开发商的贪欲。你兜售大海

却看着你——变得一无所有

你们恣意篡改历史、语言与风俗

江山就不要改了，谁篡改得了呢

唉，你过了动荡的一生。背对

虚浮闹腾的世间，朝海湾深处游去

荒凉虚空的大海，几乎不见人影

【注释】
[1] 乔乔，为友人薛舟的女儿。

# 留言海甸岛

初来觉得陌生，离开时熟悉这里
迷宫似会所。占用过顶层的卧室
二楼的厨房。我把那一扇扇房门
忽略了——那是需要多出的部分
玻璃隔断墙面无声穿行一个孤影
同它日日照面——想到北方寒冷
在这里就安定。一只本能的候鸟
凭翅膀飞来飞去，趋暖避冷而已
也非缺乏想象力，把你离开之地
当成我的远方——仅仅客居独处
你种植瘦小凤尾竹，我走动消食
目睹兼怀你的审美。院内的榕树
和红棉掩映三层楼；矩形的露台
移动的附带太阳伞的白色藤椅上
与它们曾安静地平视，枝叶填充
楼房空白。享用过你低调的奢华
常透气于此：榕树梢的叶子茂密
青绿交替——风中摩擦银色栏杆
硬朗红棉枝桠欣然支撑一角虚空
我对环卫工提过意见，不必日日
打扫落叶留待它们于院内显趣味

在你走后我待了一些日子也走了
榕树与红棉将终其一生站在那里
初入那幢房夜里听闻外面的响动
人有过不安，明白这是我的问题
飞机运过来的是一个陈旧的自我
不论身居何处你要忙着整顿精神
在世间不得安定，我们不安走动
换地方——避寒避暑缓解囚禁感
每日在厨房摸索饮食——修道者
亦不远庖厨。弘一法师于净峰寺
闭关闻小和尚每日三次拍打木门
从菜市场到厨房，充实空虚冰柜
方能安定：消除一日三餐的担忧
禅者云：三千诸佛，皆在厨房中
修行弁道，须从这菜蔬锅盆开始
对室外节日无节制的鞭炮持异议
关紧门窗亦未能减弱执拗的表达
唉，父母已不在，你远游又何妨
人世的节日，于你也看得平淡了
雾锁海口。空气能挤得出海水来
不论任何地方关心气候而非人事
读书释卷同玻璃中黑影默坐观照
自言自语。一只硕大的褐色老鼠
攀上楼道，心亦惊喜。厨房过道
存放几点鼠食，分给它残羹剩饭

2012-1-15，海南大成别墅，赠卢炜

# 给女婿的谈话录

你好，从茫茫人群我们
辨认出你，来到我们的家
其实，我与你同一个身份
通过你，理解我的岳父
想想你的父亲和你的外公
有一天，你可能会坐在我
现在的位置，同另一个相似
的身份说话——这样你会
了解什么叫家庭：无限和谐
又相反的组合；永不停歇的
破坏与更新，如同我们的语言
——你得和一个可能与自己
完全无关的人生活在一起
了解彼此的不幸和忧喜
和她在一起，我不指望你
能爱她一辈子，可要有这意念
至少把她当亲人，在你们相爱
一些年头后（爱是件困难的事）
你们是被命运绑在了一起
可能的曲折或远离是自然的
它反而加强你们之间的关系

天作之合。这个古词要用一生
去体验去感受，天的安排聚合
你属于她从属于你，这是天性
本能的一部分——我提醒你
不要使用家庭暴力；她的名字
将写进你们的家谱
或亲人的墓碑，这是如何也
擦拭不去的；无论多么自主
你呼吸在一个民俗的环境
与一个个家庭发生关系
你们把我们瓦解了你们获得
你们的新家——你喜爱着她
和我对她的爱不同。无论如何
这一生，你们和我们在一起
这是命运偶然的联结，没有比这
更长久或短暂的联结

2012-12-20

# 村庄的暂居者

不顾一切的，这季节所有植物
都在萌动疯长——水稻和棉花
莲荷也往上窜行。水田的方镜
穿梭白颧的身影。秧把子散布
在那里，布谷声声催促插秧人
高卷裤管从另一田垄快速挪移
你和妻子骑车去浩口镇菜市场
为农忙的兄嫂准备慰问的午餐
初夏绿树遮盖一排排的两层楼
道途旁的柳树弯曲交叉，构成
绿色的穹窿——你会在拐弯处
同熟悉的人招呼用共同的乡音
驻车小憩张望，体验回到过去
置身童年的恍惚。路过万福河
污染的河水没有了鱼虾。儿时
和玩伴们踩着清亮河水游过来
头顶着从镇上买回的连环画册
母亲领着你，赤脚经过青石板
到浩口医院看中医，走的就是
这道路。过去的家乡大体辨识
只是高速铁路穿过记忆的平原

川气东送的管道使兄长一块田
长不出庄稼。缓慢变化的村庄
若再晚回来，很多人看不见了
你的故乡就会沦为真正的异乡
拐过村头的石板桥，忽然想到
堂兄过世一年，你的还乡再碰
不到他了，一根香烟递给谁呢
我们的在世，如同楝树的影子
哪能长久驻留，在村庄的面前
都是旅客暂居者，正如我们的
祖辈。夏日村庄不知何为死亡
一切都在本能地，发疯地生长
——它们只知有生，不知有死
也不是你们所谓的，向死而生
哦，你看看这盲目的夏日力量

2013-5-29，国营后湖农场

# 蔚蓝苍穹

我只陈述我之所见

——波德莱尔

如何一下子发现了城市之美
从汉口黎黄陂路的老房子转身
前往江滩——沿路的酒吧
散逸此地闲趣。路人稀少
一条流浪狗无声尾随你
炽热的空气，还未发烫
靠近炎热的边缘。立夏日
街道亮堂发光，若无灰尘
对岸的武昌，林立的楼群
彩色广告牌，清晰可见
过沿江大道斑马线扫一眼
民国租界高低不同的老建筑
陈旧的街市——城市的模样
它在当下同时停歇在时间深处
江水依旧流淌。岸边芦苇低伏
于浑黄江水，江风从柳树叶片
传递过来，一位农民工席坡地
而坐，叉开双腿迎向平等江风
一声声脆响，赤身男人用长鞭
抽打旋转陀螺；萨克斯的低音

吸引人们来到跛腿汉子身边
蜷缩在轮椅低头吹按，上半身
起伏波动，随着他鼓吹运气
你和那背靠樟树编织毛衣的
少妇的目光有过瞬间的交会
波德莱尔在巴黎似这样同美妇
交臂而过：今后的你们行踪不明
但你们有过几秒钟的爱情
异国的浪荡子，同道和典范
抑制不住地爱好闲散、浪荡
他试图从蔚蓝苍穹收割黄金
你把目光从乡村和人造的自然
转向街头，往都市的美景注入
忧郁与颓伤；带着快感和恐惧
培养自己的歇斯底里。再一次
看见从异国飘荡而至的幽灵
哦，你身上掠过一阵虚弱的风

2013-7-28，汉口江滩

# 在木兰山夏日星空下

在北方想念南方到了南方要回北方
无定性。我向寺庙撞钟三十年的僧人
道歉。在首都为身份焦虑被人轻视
一只愤怒的狮子向受伤的身体致歉
我喜欢上波兰女诗人辛波斯卡
可爱的艾伦·金斯堡退出心中一隅
而向大西洋彼岸的老惠特曼致歉
在符拉迪沃斯托克发现火车站像美术馆
对成群的中国游客生气特向祖国致歉
梁漱溟在政协会上向毛泽东要求雅量
被迫轰下发言台，为委员们的面孔
那一刻可怖的空气悲哀而致歉
生存的荒谬让我把语言当成避难所
遗忘外部世界而向纯诗写作者致歉
未曾谋面的作者，因会议精神违心删除
你自由的辞章作为曾经的编辑请求谅解
我越来越喜欢维特根斯坦的《哲学研究》
无意翻阅《哲学史演讲录》向黑格尔致歉
诗评家们原宥我误读现象学开拓诗学实验
故乡啊，我想念你，却未能和你一道生活
以为世间从来就没有人们所谓的爱情

向早年一封言辞热烈的情爱信致歉
偏爱苹果远离榴莲异味而向后者致歉
从云居山僧人红润面色想见城里人
被欲望催逼的苍白病态的脸色
特向社会、城市、单位、组织致歉
神啊，我在尘世打拼不关心你的存在
向上天深深致歉因了我的蒙昧与软弱
早年写诗图发表求虚名耽误诗艺研习
无事隐忍的修行而向诗人的身份致歉
在国际列车上情不自禁地张望异国
任其荒芜的原野生发对大地的赞美
而向国道两旁四处可见的丑建筑致歉
我时常瞬间觉受在这个国家生活的
沮丧和无望，而向自己的祖先致歉
在木兰山观星宿却未识北斗的方位
特向银河晶亮的繁星——致歉鞠躬

2012-6-11，武汉木兰山

# 一意孤行（组诗）

一

你愿再次前往——云居山
会见那里身着百衲衣的法师
嗅闻桃花散逸的飘忽异香
千年禅寺道场，道容[1]手植的
白果树在抽枝开花。群峰环绕
一块平地，如法师的手掌
似镜的潭水；山岳如莲花
通达老和尚的心思：垦荒诛茅
开基建院——云中可安居
兵燹和文革未能摧毁它
虚云和尚誓死守护的道场
他的舍利子和护侍弟子
还在那里。比如人性的生活
就是在云居山的行卧
滇松川楠萱草葛茶间的冬参
与夏学。印度香中展开的经书
夕照里道道犁铧勾勒出的禅田
随人离开，就想再次前往
孤身一人，纠缠在城市的尘霾

念想那里——寂静行走中
嗅闻到的桃树的一股异香

二

你寻找他出家后历经的寺庙
此时，前往东海边的净峰寺[2]
比他前去的道途便捷多了
环海柏油路。海上帆船漂行
船近颠覆，他把船舱物品抛向
海中，轻舟方可抵达海岸
风浪中摇荡的法师，路过崇武
在此被迫上岸，停居普莲堂
住持劝弃惠安弘法，心意已定
不了此缘无以为安。冒险前往
我尾随他，停驻一个个岔路口
分辨方向。碰见惠安女碎花头巾
没有过多停留；想着早些到达
幽居闭关的山房。他设计的双层
木床还在。菊花盆，动手垒制的
小厕池，依山而筑。从石砌的
容膝之居唯一的窗牖，能看见
收缩的海水，以弘一的眼睛窥望
一片荒蛮没有杂物甚至全无帆影

## 三

在安陆往汉口的高速路入口
休整一会儿，从驾驶室睁开眼
夜色一下子笼罩原野和道路
灯光闪现——从小憩中脱身
一个人经过黑夜的高速路

回到住所，穿越自我的暗夜
和它打着交道，保持恰当距离
如若太近，受困于它不得解脱
你和世界的关系就是对自我
持续地旁观。一个漂行者

和历经的外部，若即若离
类似窗外一晃即逝的风物
对人世有何奢求，除了自己
一个人在路上，不停歇
除了自己，于世间有何奢望

放下你的家庭你的期望或恐惧
和别人给你的前途。一个人
暗夜穿行，不紧张也不懈怠

## 四

他在姑妈生活过的地方走访亲戚
我的同胞兄长，一个人去参加

老俵七十岁的酒宴。我们的亲人
小脚姑妈早已去世，但她的儿子
还在，带着姑妈的长相或祖父
相似的容貌。那可是最后相聚
将和亲人一样，隐入幽冥
但那里的原野还在，亲人们的
后代，方言与风俗保持在那里
外婆夏日在你面前摇动大蒲扇
那就是爱。现在她变成一尊神
一个人在苍天黑夜，孤身前往
和他们相遇，聚会一个个
变老的面影（晃荡的幽灵）

五

从鄂北钱冲银杏谷出来
停歇在叫王义贞的小山村
绿色满目。秋阳下山路起伏
没有行人和车辆。锈红色芭茅
村子四周护持的起伏山峦
梯田北面白墙与黑瓦的民宅
门前的白果树和一蓬蓬楠竹
无名的自然，唤醒了对大地的爱
为什么要在人群中耗尽你的一生
佛往往撤回，归隐于旷野深山

R. S. 托马斯[3]的诗坚固不朽
因为它背靠了僻静的威尔士
隐隐听闻，神传达给你的声音
当你在此独自漫步冥思的时辰

六

离开白兆山[4]——前往别处
它总在视线里，在四周绕行
到处是一个个可观的小村庄
一处处低调的绝妙风水
李白在此诗酒隐逸，加强了
这里的美景，或许它本来如此
野朴而纯美，如同此地村姑
这片风水和太白的诗句混淆
相互映照——从临窗玻璃
碰到他的魂灵，虚缈却可触
生或者死，对于他是一回事
山光水色鉴照，他的长发须髯
与你前往的身影，迎面扑来
山风一样明确，然而无踪无形

七

一人上山，去看方果法师
提着红星二锅头。天气冷了
一个人住在山里，可以酒御寒

和他打坐在竹尹寺[5]木头条凳上
天渐渐暗了，晚秋夜色提早落下
山中的气温几度几度地往下降临
停在你们头顶或膝盖。离开他时
明亮的星光融入庙前的化身水池
远游法师饲养的鹅，收敛了声影
——他入了禅房，无声无息

你孤身下山，一个人回到城里
山风激荡的冬夜，他独守山野
从云居山行脚的游僧，相中这里
你孤身前往，拎着他认识的白酒
把车停在山脚，独自步行上山

2012-12-8，汉口

【注释】

[1] 道容禅师于唐宪宗元和三年(808)在云居山
    开创云居禅院。云居山又名欧山，系幕阜山余脉。

[2] 净峰寺位于福建惠安东净峰，闽南唐建古
    寺，地处东海。弘一法师于晚年 (1935) 曾
    挂单寺中。

[3] R.S.托马斯 (1913-2000)，威尔士诗人，牧
    师，一生隐居于威尔士边远山村。

[4] 白兆山位于湖北安陆。李白二十七岁酒隐
    于此，成婚生子，漫游学道，曾从好友元山
    丹学道，三十七岁离开安陆入长安。

[5] 竹隐禅寺位于武汉北黄陂山中。此山系大别
    山余脉。

**辑二** 棉花的香气 （2004——2008）

# 分界线

长途大巴车从雨水涟涟之中
忽然驶入，明晃晃的阳光里

那是 1999 年 2 月 9 日 8 点
你从南方潮湿的夜雨脱离出来

进入安阳地界。干爽的空气
阳光普照。天空一溜烟地蓝下去

华北平原——灰蒙苍茫而苍凉

2004-5-10，北京皇木厂

# 即 兴 曲

出租车上，路边国槐
洒落它细碎的花蕊
淡青色的槐花
轻敷了一地
嗡嗡鸣响的市声中
它们悄无声息地播撒
有时，落在你的颈脖
或小学生的背包上
你正从编辑部出门
踩到它们细小的身子
地面的颜色和灰暗心境
被改变。时序进入初夏
这残存的美可以留恋
唯一的六月北方的槐花

2005-6-17，北京英家坟

# 过京津

华北平原在雨中缓缓呈现
矮树林。碧绿的高粱地
延伸到雨云攒动的远天
平原在呼吸，吐出绿光
京津两座城市之间的
一片福地。我正坐在
K12 次双层列车上

　　江汉平原，距它多远
又隔了多久，现在去哪里
有什么急于要做的事
什么事又是非做不可的
穿制服的小姐在播撒的
乐声中递送牛奶或咖啡
冷气恰到好处，让你忘掉夏天

　　同排的席位，外国夫妻
各抱孩子：黄头发，双胞胎
一家人到天津去做什么
T 恤衫。草鞋式的皮凉鞋
他们从哪个国家来
怎么我们不敢或不能
离开故土，不出门去看看

呼吸异地的空气，在那里争斗
拘束着，如同没有出路的死水
　　　对面穿黑色套裙的妇女
黑发掺杂数不清的白发
发卡露出她起皱的耳郭
她大学毕业那年我还没有出生
那小伙子在她工作二十年后
考入她母校；但我想听听
　　　他们内心的遭遇
一代人与另一代人有何不同
人的衰老好像不是他的身体
而是精神的萎缩
但一个人可以超脱时代
对他的束缚，超前地存在
这位妇女现在退休了
看样子人还得在套间之外
建立自己自由的空间
像蒙田城堡拐角处的塔楼
他的卧室兼书房。小教堂
一个自己的私人领地
　　　雨渐渐大起来
车窗挂着两三粒水珠
窗外的风景迷蒙而恍惚
天津啥样子，是否千篇一律
对城市你已不抱什么幻想

只是路过。天津火车站广场
一片片积水在树荫下发亮
映衬着树影和行人晃荡的身体
那个外国男人双手推动
手推车向前跑；屁股弓得很高
　　一块雨布，白色的雨布
在细雨中欢快地飘飞
一辆人力三轮车把我拖向
一个未知的旅馆

2004-6-12，往渤海湾途中

# 玻璃中的睡眠

地铁列车驶往地面。原野的灯光
四散的楼群，电线杆和墨绿夜色
在玻璃窗上移动。我看见了
自己的头像，上方的下弦月
一个女人的面相出现在玻璃中
靠在了我的右肩，然后挪开
再次接触，几秒钟后缓慢移开
如此重复三次，最后依靠在那里
她没有看见自己，玻璃中的睡眠

2004-3-7，北京梨园新居

# 地铁内的黄色雏鸡

因为拥挤，人们冷眼相对
你站在一位少妇身边
她提防地看了你两眼
有人用报纸遮住自己的脸
车到永安里站。一位妇女上来了
用竹篮提着一群黄澄澄的雏鸡
人们聚拢在簇拥的小家伙前
问这问那，还用手把它们摸了摸
这位妇女被允许坐在唯一的空位

一群雏鸡的到来缓解车厢空气的沉闷

2004-3-3，北京高碑店

# 挽宇龙[1]

从邮局出门，蓄平头的男人
让我想到你，你还在广州
我们还有饮酒谈诗的日子
——这不可能了，在正午

亮晃晃的阳光中，空洞地
望着街市恍恍惚惚的建筑
死亡，让我停住大街上
奔跑的脚步。秋天到了

你为何流落异乡
暴死在他人的城市
人最好生死在自己的故乡
哪里是我们的故乡呢

故乡就是和自己的人在一起
我们去过的一个个地方
冷水机场。彻夜交谈的单间
出门看见了机场，晨光中

一架飞机正从那里起飞

它将在另一个机场着陆
那是我不曾抵达的空间
你看见了，要通过飞行

到达那里——没有犹豫
从广华寺到潜江的中巴上
你把头埋在《源流》的页面
从《一位摄影师的冬日漫游》

听出诗句中多余的音节
总在聆听什么，一如我视听
你升降飞机，与粗糙地面
的摩擦，但死亡隔开了我们

你是天上的人，却沦落地面
死于非命；远离地面的飞行
也无法脱离死神对你的控制
飞机停在北京黄昏的秋天

你不会再回到我面前了
你我活着又怎样不活又怎样
在街头横冲直撞不就是一死
飞机又停在缀有晚霞的空中

你不在了你的故事还在继续

这可能有悖于你的愿望

一群人谈说你。我禁言

隐藏活着，如同静默的死


你回到我们热爱的词语

我们的机场，一道道深刻褐色

的擦痕：你从此起飞或着陆

时光久远——我们看不见了


2004-9-27，北京东四十二条


【注释】

[1] 宇龙，诗人。湖北天门人，飞行员。死于他杀。

# 上 邮 局

今天想到你的死
父亲，你是用激进的方式
了结自己。在往邮局
发信的路上，决定离开这里
单位快倒闭；院子死气沉沉
你不堪忍受，用一根麻绳
把你与我们隔离。肺气肿
活着比死还难受。对兄嫂绝望
还有我，在去看你的时候
你就开始策划自己的后事
要我把你埋在屋后那块高地
我们贫困，拿不出钱把你送进
大医院（一个人对另一个人的死
无可奈何）你自己把自己解决了
把一大堆难题留给我们
炎热的夏天，你的尸身
弥留一股难闻的气味
作为对我们不孝之子的报复
某日，嫂子到那高坡上摘扁豆
一条大蛇盘在树上她掉头就跑
当晚雷电大作，她的嘴就歪了

我们认为这些与你有关
1989 年 6 月 9 日夜里
你死后两年三个月
第一次出现在梦的
大雨中，和莲子在一起
我大声呼喊她，隔着窗户
看见了你（一张愤怒的脸）
荆门沙洋。长途汽车站
一位老人在车内卖报，想见你
去贵阳做牛马交易。近视眼
你是怎样在走南闯北
那是 1999 年 10 月 20 日正午
逆光之中的石家庄火车站
一个人和进出的游客交错走来
父亲，你忽然站在了我面前
有时，回忆不出你的什么往事
你活着，我们几乎没有什么
交谈。一日，我看着莲子
你孙女的身体
也有你遗传的血
和我们共同的家族病
父亲，你脸上全是麻子
像柳敬亭一样爱说书
卷着裤管捧着书站在昏暗窗前
月夜在村民间树影斑驳的巷子

讲宋江。送你入土时，李太发
把《三侠五义》放进你的棺材
今天，忽然又想到你
单位快死掉，我就要去异地
讨生活。在往邮局的路上
你不停地在体内跟我说话
几年前总觉得，你是我的
对立面，与我隔得很远
现在，你就在我的身体里

初稿于 1999-9-18，2004-6-19 改定

# 母亲之歌

我看见大路，看见了蓝天、白云
　　花坛间月季和柏树围护的
　　运行的车队。灵车中的乐队
　　金黄小号。花圈迎风飘动
我看见卡车上站立吊丧的乡亲
　　路人在观望。车转了一个弯
　　母亲的灵车运行在闹市的街道
　　车队缓缓行驶。堂兄撒下草纸
　　长长的车队和缓缓消失的路面
　　街市的广告、雕像和行人退远
我看见母亲的画像让柳宗年抱着
　　黑纱布围绕相框。我和柳宗秀
　　柳宗英腰间缠绕稻草绳子
　　风吹开窗子。早晨六点四十
　　狗吠叫三声；母亲松开手中零钞
我们用床单包裹她的身体从五楼
　　运送到地面；他人还在睡眠中
　　她的嘴唇动了两下，呼吸就没了
我看见和我抬送母亲的人：邻居严峰
　　妹夫陈恢明，我们穿过曲折
　　阴暗而漫长的楼道，天就亮了

我看见母亲娘家的人：宋先智、周超美

　　二伯父的女儿柳韶英，在哭丧

　　（她回娘家照看她的就是她婶娘）

我看见灵车到来，哀乐响起，吹号的汉子

　　鼓起腮帮。我感觉什么在往喉咙上涌

　　我想起一个词：生　离　死　别

我看见陈义新拍动棺木，郭玉屏搬倒丧棚

　　鼓乐手吹奏哀乐；下跪的人来到车上

　　母亲的身体被放置在玻璃灵柩

我看见车队缓缓行走，鞭炮声连成长阵

　　马路对面的关师傅在灵车前燃放鞭炮

　　他是母亲的朋友关奶奶的儿子

　　妹夫跳下灵车，跪下左腿燃炮回应

我看见我和妻子跪在一位老妇面前

　　递上答谢的衣物：她为母亲净身

　　为她穿上我姐姐制作的黑色寿衣

我看见了我母亲的下体，在更衣的瞬间

　　当我用黑色纱巾盖住母亲的脸

　　就再也没有看她直到她化成骨沫

我看见了局长严开邦，刘太白送来

　　花圈。我看见了他们的脸：兄长许定山

　　我的学生：高卫东施玉明汤向阳熊香中

　　移动车队中赴丧的诗友高柳、晓波

车队经过殡仪馆的柏树，东荆河的斜坡

　　沿途的水杉那么苍绿正是四月三日

江南油菜花金黄金黄铺满坡地原野
我看见母亲黑色身体进入红红火炉
　　那些等待燃烧的尸体罩在黑布中
　　殡仪馆高高的烟囱：烟尘若有似无
　　我抱着母亲的骨灰（四斤三两）
我看见车队来到后湖农场，姜书银关乔章
　　指令车队缓行，鞭炮声密集起来
　　车队来到田关河堤岸。这是母亲熟悉的
　　道路，她曾在此，往返城乡之间
我看见沿途站立的老乡，他们看见宋六寿
　　化成骨灰回归乡里，回到田野坟地
我看见一队人走在通往坟地的田塍
　　熟悉的，也有陌生的面容
　　那已消失的和将要消逝的
　　在那条通向坟地的田埂上
我看见田野麦子发疯地生长
　　绿油油的小麦春日下流光溢彩
　　那吹长号的汉子摘下几根
　　给他城里的儿子去做麦笛
我葬我母亲归入泥土风雨雷电就来了
　　天忽然晴了当我们回到城里
　　一身轻松我把母亲送回故土
我看见我站在十里长安街观望
　　大街穿梭的车辆和行人
　　路旁高大的建筑。我视而不见

看见火光中母亲衣物升腾的青烟
我看见我的泪水终于流出来了
多月后，海淀地下室的雨夜
诗友向隽面前，我说我的母亲
看不见了，泪水就流淌在脸上
没有痛苦和悲伤。从地下室出来
我看见了大路，洋槐树和北方的天空

2004-1-8，北京宋庄

# 从王府井到三联书店

108 电车避开步行街
绕回到榆树下的站牌

街道人不多也不少
淡青色洋槐花撒满地面

沿途的涵芬楼书店
和半坡地下啤酒屋

胭脂胡同还在那里
你可以曲折地望进去

百合花的余香停留在
十字路口的报亭和花店

交叉电车的纵横网线中
发现院落柳树间的鸦雀巢

寒光闪现的柏油路面
没有泥土的街市。忽然

云贵高原的少女打来电话
一场初雪，清冽的气息扩散

到天主教堂。白果树澄黄的
扇形叶片，停歇在甬道

又迎风飞舞。三个身着
白大褂的妇女枣树下修剪

板寸头。从三联书店出门
你看见这里的缓慢与悠闲

"他们是中国人，他们有点慢"[1]

【注释】
[1] 茨维塔耶娃传记中的一个片断。

# 空杯子

你的茶杯还放在书架上
我倒出杯中剩下的余水
到花盆里作为营养素
看见我们还平躺在
清华园的草坪上
安静休眠，接受地气滋养
在圆明园的乱石中走寻
你外表休闲，内心隐含张力
那时还没有分别，就开始想你
你一人出门转悠
我走进书房以为你还在
要和你交谈：生活与写作
爱的法则。玫瑰和盐
接纳你关于个人写作的
尖锐提问。深入画家村
和行为艺术者辩论，锋芒四射
如录下你们的对话，那是
一则绝好的访谈啊
生活就是即兴。在一起就像
度假，我却总想接受来自你
思想的考问：让迟钝麻木的

内部世界，出现你
刺来的必要的疼痛
我们在地铁出口奔跑
像民工，我背着你的行李
清醒的我送着酒气熏天的你
怕你耽误夜间火车。你回头
反问：为什么我们要被恐惧
追赶，让贫穷的阴影追逼
不能像一个诗人一样
从容行走，当时我们到达
西客站天桥，你的话语
散发酒气（现在同行
两个人，然后自然分开
一个人走掉。独自生存
独自去死）我倒掉杯中的茶水
茶水的颜色在时间中变深
你走了，空杯子停在书架上


2005-6-17，于通县新居，赠夏宏

# 酒后与黑丰步行夜归

城际轻轨从头顶隆隆驶过
你们即兴放弃乘车。步行

这卫星城的路灯，道路与楼群
它们从无到有，一点点建设

完好。它的前身是田野
杂草荒坡。高粱地。转弯处

曾是一个大水坑。在北京
通县，任何一处收藏着

你的记忆——和妻子走在
滨河大道，过东关铁桥

路边农业银行。小白羊超市
想着自己从湖北脱离出来了

北方天地开阔，新华大道
驶入东三环上空的几片云絮

322 公车从四惠开往五夷花园
在拥挤的乘客中怀揣一叠纸钞

从县城，你们一步步走来
上升到首都，白塔的顶端

直观国家的形体，相同的人
的不同生活，和同样的命运

——对词语和自由的热爱
你们闯荡京城，共同一个故乡

亲切的方言。酒气中敞开衣襟
陶然于明暗之间的散漫行走

2007-9-3，北京皇木厂

# 周 围

周围有很多出口，只挑选一个
很多条道路，去往许多地方
可以伸向湖北老家，很多的人
但只和几个发生关系

有的把房子建筑到怀柔光秃山顶
或隐居在某省某市的单元楼里
有的把过去的家和单位丢弃
纷纷北上，进入宋庄的宅院

我的周围有张家湾遗址，也有
新造的欧式风格的太玉园
汽车如流水，在五环路上流行
蚊蝇在大气中，群体出没

周围的空间自由得无边无沿
那外部世界的内在空间
而我不断地扩展着它
把生活的半径放大

符二在昆明，高尚在兰州

哈尔滨是张曙光，滨州是雪松
香港黄灿然，美国弗农·弗雷泽
而圆心在皇木厂：我的身体

道路指向收容身子的宅院
外部的风景，云霞与飞鸟
友人从四面八方向这里靠拢
连同蒙古沙漠的尘土的潜入

2007-8-15，北京皇木厂

# 眼　光

来往的乘客，带轮子的行李箱
从这座城市离开，一辆辆火车
不会把广场也带走——多年前

路过这里，明晃晃的冬日阳光
一个老人叫唤，擦皮鞋擦皮鞋
（你再次邂逅死去多年的父亲）

每每从外省回来：长安街的华灯
和白杨树的粗壮，京城的厚重
与宽阔；你的漂泊从灰色手提箱

到拥有自己的房子；在首都办理
暂住证，使用金少贤的电话号码
（以他的名字，缴纳每月的话费）

某日，一位游客在拥挤的电车内
与本地人争辩：这不是你的北京
中国人的首都（你却是个外地人）

你和面前离开的旅客有什么不同

只多出临时住处。一个游离者
他居住于此，又不属于这地方

这座城市的局内人，又是外来者
参与卷入，以异乡人的目光打量
（他有着很多个故乡和祖国）

2006-4-9，北京火车站

# 访人录

从暖和的房子出来，过景山后街
103 号电车，正在开往北京站
你熟悉这里的美术馆和小杂货店

五四大道，裸露红砖的旧式建筑
转弯处，恍然看见梁漱溟
灰布长衫，腋下夹着线装《论语》

往东北方向望过去，刘和珍喋血
的遗址还在。随时会碰上一个个
幽灵，从灰色墙角转过它的身影

一位年过古稀的长者，须发皆白
活动的半径在减少，老病的身体
无法回到他浙江余姚的残败老宅

整理旧籍，忧国忧民上书进言
读书心得转变总理的文案用语
——他在世的依凭和慰藉

当亡妻化为青烟，他茶饭无心

欲语泪先流。孤灯下参透生死
视死如归：一滴水要回到大海

意欲从另一个意义上获得不朽
他何时争得个人的独立，反被
抽干，变成了时代的模型样品

112 电车开往英家坟延伸至康家沟
北京像摊大饼，外围无节制地放大
他在老城中心，活动半径越来越小

2005-12-7，北京北沙滩

# 棉花的香气

你来到我们的谈话中。当我
与爱着的女人在一起，谈论你
我最初的爱，在我们的出生地
是你启蒙了我，见证了你的
少女时代。花格子衬衫挂在
屋前杉树的枝桠。我在水埠头
月下吹笛；你在清洁房间歌唱
字典中查看与生殖器相关的词
你脸红了；我把床头灯关闭
黑暗中你的呼吸我听到了
在床头不敢接近你又打开
置身光亮中。河边柳树下纳凉
仲夏风从水稻田传送它的清凉
月影在脚趾间晃动，乳白色的
树林，草虫鸣叫。猪獾攀折玉米
——我们的亲人们团聚在月下
你的母亲在三更又唤你回家
如何绕过她的目光来到你闺房
村子唯一的高中生，和你到田野
杀棉铃虫，小小的身子背着喷雾器
发现棉花的香气，当我与你在一起

后来我们离开村庄，当我归来
我们的村庄退隐到记忆中去了
你找到男人嫁掉了，你生儿育女
我看见你脸上的皱纹，你的母亲
她驼着背老眼昏花不知我是谁了
我的出生地和对你的记忆在一起
对异性的体验对美的感知因了你
你曾到我工作的校园去看我
绕个大弯到那里正在晨读，你走后
看见晨光中的露水，你是我青春的
一部分。我在你老去的身体里窥见
忧伤的爱，你总在村庄向我挥手
但你是源头，我在别的女人身上
体验你，我们谈及你
就像你在梦中可能见到我
通过爱回到你的身边，通过少女
回到你的身体，回到说话间
突然关掉灯开关的时刻
我们的故乡远去的少年个人情爱史
隐秘的早年的欲望：想和你睡在一起
这已不可能。现在躺在小二身旁
和她通过交流抵达月色中遥远的流塘口

2005-7-16，北京梨园新居

# 即便在相逢的梦里

醒来回忆，只有一个侧影
模糊的轮廓。每次相见
都一样，好像不让我看见
你的脸。穿着奇怪的衣裳
从我身旁走过，母亲
昨夜，我们又在一起
依旧没有见到你的眼睛
你拿出民国的铜币
我塞给了你一些纸钞
让你也分发一点给父亲
知道人死了什么都没了
但我总在与你们发生联系
——隔着阴阳两界
梦成了我们相会的地址
那是死也不能解决的分离
但如何不让我看见你的眼
一个白天，我快活地大叫
想来到你身旁，让你看见
我的笑脸，我也能看见你的
但我无法再见你的眼睛
即便在相逢的梦里

2000-8-24，北京梨园

·102·

# 忆沙市[1]


一本旧诗集把我带往南方
一座消失了的城市。便河路
十字路口的新华书店

摇晃的电车。青草的广场
广场散落几处儿童雕塑

那个你最早认识的城市
美与洋气。图书平放在
台面或书架上，连接到

屋顶的蓝色天花板
油墨香气和学生装扮的
戴眼镜的少女

沿着便河路，往南
上升的堤坡，青石板路面
梧桐树荫下，路两边的杂货店

弯曲的荆江从河堤旁边流过

那遥远的地方，从家乡流塘口
来到这里，城市的汽车和行人
星星点点，一个个点缀

路灯起伏点亮，带来了
晃荡的光和影

【注释】

[1] 沙市，江汉平原的著名小城。现合并为荆州
市，成为其中一个区。

# 举水河

是举水河的闪亮水浪在吸引她
波动的水光让她身体部分裸露

她在他面前更换泳衣
在一块岸边的石头旁
他张望高低起伏的青山
两山之间挟持无人的清溪
河床大小石头上激起浪花
他为她支撑花伞遮掩处女的身体

是举水河的清澈溪水在吸引她
河水的波光让她身体部分裸露

绿水漫过颈脖、胸襟和背心
她的发丝贴在红面颊粘到白牙
他把她的身体轻轻托举
让她去适应多端变化的水性

举水河的清亮河水在勾引
让她的身体在他面前裸露

# 牙科诊所

一只鸦雀巢，隔着落地玻璃窗
在四楼手术室的黑色轮椅上

它衔枝，轻快地搭建它的巢
在柳树爆出新叶的枝杈之间

刀叉塞进口腔，铁钻齿间打磨
牙髓炎。牙龈的局部麻醉

紧张的身体。医生在施药间安抚
想象的痛苦低于实际的风火牙痛

黑白相间的鸦雀，无视你的疼痛
离开又回来，它在自己的世界里

等候在过道的患者，呻吟掺和
电视的播放：一位男人泪流满面

荧屏中无罪释放；法律对他的伤害
车祸。汽车对人的碾轧。男女之间

隐藏的暴力。欲望对身体持续的致伤
非命之灾精神病。人为的规训与惩罚

那鸦雀看也不看我们一眼，它鸣叫
——你呆滞的目光，如同一截枯枝

2007-6-12，北京高碑店

# 重 叠

地铁列车移动着车厢
我和你，侧身相向坐在
站台铁椅。你脸色苍白
额头夹杂几丝白发
从谈话缝隙，看见早年的你
容光焕发，散溢清新的气息
当我们边走边交谈的傍晚
在江汉平原的柏油路上
你家中，沙发上抱着儿子
丈夫从侧门出来，不热情
也不冷淡。你指着儿子说
——这是你最后的作品
儿子在桂子山庄客厅跑动
书柜的藏书让你的房子亮敞
（我们漫长的忍耐是为了
灵感突然到来的心动）
现在，我们落座在首都
的地铁，《弗洛斯特全集》
搁在你膝盖。像替换了个人
变老了（你从死神那里挣脱
身体一点点变硬。一口气

停在面前一米远的地方）
你要活下来，你向神祷告
那口气缓缓地回到身体
你看见了自己在世的流浪
可怕的世界，你就在其中
还要和敌视的人在一起
这是你的命，不得逃离
（帕斯捷尔纳克探望过
茨维塔耶娃，诗人对诗人的
惺惺相惜；而我远离你
淡泊自尊地想念对方）
你说，一切会好起来的
身体的知觉一点点恢复
声音在变大，眼睛发光
脆亮的笑声出现在谈话中
一瞬间，我看见多年前的你
忽然回来了，她们重叠在一起

2006-7-4，北京浩鸿园

# 那一日

行驶的大巴，玻璃雨水迷蒙
隔开了外部世界。隐隐想到
你在危险之中。可能的灾难
就停歇在一个路口，或躲藏
在抵达绍兴小城的某个时刻

沿着周树人百草园走了两圈
坐在八仙桌吃了几粒茴香豆
一度忘掉那如影随形的隐忧
在兰亭——曲水流觞的地方
回望王羲之鹅池和茂林修竹

此地甚好。你是第一次也是
最后经过这里。特异的夜晚
灯火恍惚而迷离，过斑马线
小心翼翼地，友人酒后护送
你回到旅馆。你在逾越一个

江湖巫师谶语（不守在家里
那日有血光之灾）待在家中
就能规避它，因了他的臆测

放弃行走？而你的家在哪里
南方的单元楼或北方的宅院

你来到了路上，就无法停歇
深夜，躺卧在旅馆荧光灯下
那可能的灾难没有找上门来
或许在行走中与之交错而过
它会亦步亦趋如同一截阴影

2007-7-12，浙江绍兴

# 游承天寺记

我离开，发现很多门
朝一个方向敞开。绕行
从侧门入，四处有他柔绵
活泼的字。月台关闭
放学儿童的书包放弃在
朱红柱廊旁，席地玩耍
承天寺紧靠泉州的马路
车辆与行人。暮色渐近
在他讲学的客堂院墙外
停留观望。这闽南古刹
裸露的淡红砖石墙壁
一个僧人安静幽秀的所在
被琉璃瓦檐翘起。袈裟依旧
木槌敲击木板（上晚课了）
两只鸽子于刺桐树下漫步
沿着桂花漫游的香气，找寻
他曾经的寮房（哪里是
温陵养老院）恍惚看见
法师身着灰色罗汉衣裙
拂地行走的背影
在床沿，以谈话口吻

和受戒的弟子们讲授

（参学与应读的佛书）

月台客堂隐在绿树之间

甬道无人。无灰尘的路面

他的前世今生，殷红彩绚

就是在此——瞬息西沉

悲欣交集。他眼角的泪水

并非为人世和亲人沁出

那是怎样的心情和境界

海棠花开在化身荼毗处

多色猛烈的火光。妙莲法师

从骨灰中拣择出七彩的

舍利子。他与这世界有着

无尽因缘，与未来的世界

也一样——我看见了他

头顶后方的一圈圈圆光

2006-8-19，泉州

## 我在梦里打听你的下落

故乡没有你的身影
你过去的家成了空房子
早年对我的感情使你的生活
支离破碎。父亲死去
随后是母亲，丈夫离开你
你的家散了。七岁那年
看见你的母亲，头发梳得
油光发亮。我们一起上小学
独生女。穿着崭新红花衣裳
我害羞穿着姐姐的旧衬衫
什么时候喜欢上了对方
盼着班主任调换座位
能够和你，成为同桌
后来坐在了你的后排
用铅笔戳你的背心
你回答我以圆圆的笑脸
（一对细小的浅酒窝）
流塘小学土操场，跳房子
你和赵一丰在一起
她笑着把你推搡到我怀里
步行去前湖中学读初中

中治渠。那个闸头转弯
同学们往横路说笑走去
你走直路，孤单回家
喜欢我的字，借我语文笔记
用心临摹；在高考前夜
曾透露给你，可能的考题
我们有过对对方的爱和怨怪
后来化解了。时光流走
我们的孩子大了，相聚一起
叫着彼此的绰号，回忆往事
你把写给我的一封长信
揣在内衣带着体温交给我
（你说，对我的写作有参考）
《九九女儿红》。青藏高原
旅行途中听到你喜欢的老歌
（你把十八年的相思，
——无声地传递给我。）
人世穿越，我们如同梦幻
受苦忍耐，怀揣天真梦想
和思念，而不被时间磨损
你在哪里。今夜，在北方的
爆竹声中想你，此刻在何处
在梦里，我打听着你的下落

2008-1-26，北京皇木厂

# 步行穿过高楼金

多岔路的村庄。苕蒂和香椿
在路的两旁，不规则的房子
平房周围的槐树；大块田地
——远接高楼和脚手架

几月前被高粱遮蔽，现在坦露
青青小麦和摇晃的大豆苗
永不止息的生殖力。蛮荒啊
它闲着，也要疯长出杂草

木柴屯集禾场边，杨树下的小学校
木槿编织的篱笆，敞开的方形茅厕
（你那用树枝擦拭肝门的童年）
从杂色奶牛的粪便嗅出青草气息

骨子里愿意远离城市和人群
与树木残存的村庄隐逸在一起
从城里回来，停驻在田地面前
恢复能量，脱离忧愁和焦虑

黄昏涂染在平远的土地边缘

恍惚间，看见你的来处与归宿
京城的楼群追逼矩形的田园
收缩变小。白色垃圾蔓延到

沟渠田地。开轩哪能面桑麻
拐弯的墙角，卧伏的母狗
几只狗崽，死劲地吮吸它
干瘪的奶头。辛酸的幸福感

那可是它，或者乡村的表情
我们话语连绵，或沉默无语
沉闷的脚步声。半小时后
闻到城乡接合部的混合气味

（高楼金，京东六环边小村庄。）

# 写在帕慕克《黑书》369 页的边上

我爱你和别人在一起想我的模样
在北方万里无云的霜天下想你
我和同事正在议事你打来电话
说你等不及回话就打过来了
我爱你的坦言。你离开一个人远去
绝望了走了很远的窄路
从另一条路回到我身边说你爱我
在常宁小城电话告诉收到我的信
我爱那一刻，异地的月光和树影
在火车上和偶遇的旅客谈论
男女之情，在心里默默说我爱你
在通往中关村的街道用零钱
买一块白兰瓜，你一口我一口
边吃边走在天桥交错的行人中
分别多月相聚旅店像条狗跟在身边
从床头到洗澡间笑脸左看看右瞧瞧
你把过桥米线的鹌鹑蛋拣到我的碗内
参观你的寝室（我爱听你说在门卫
把我登记成你的男人时的羞涩）
单人床花布被褥平铺枕头露出书脊
停留几分钟你默契地在待在我身旁

我爱你用你的小手抚摸我的脸

用力地亲我（把我的嘴都亲疼了）

你把你的头发剪下放在玻璃瓶邮寄我

把跟随你十多年的小布兔交到我手中

从那么远的地方坐了几天几夜的火车

要见面了发信息说你长得不好看我爱你

我爱你在我诗稿空白处留下的字迹

空空的屋子给你写信我说我写不下去了

我爱你但不能全身心地和你在一起

我绝望地爱着你当你读到这里

你哭了（我爱你流出的泪水）

风中我找寻你，说你到了西客站

你来找我又不让我去见你

北方的沙尘暴中睁不开双眼

电话中你说一点也不怨怪我

我们还没开始却浪费了相爱的时光

当你哽咽说出这些的时候我爱你

在大街，常常从任何一处见到你

马路上的广告牌，迎面走来的妇女

原来是你的气息弥漫在整座城市

豆大雨点落在未名湖。檐下避雨

在身边絮叨（你的童年和亲人）

你邮寄宣威火腿被我的亲人朋友吃到了

多么好味道的火腿（你们那里的特产）

你说如果不是全身心爱你就不必爱了

往往在去三联书店电车上发信息说想你
在遥远的西南电话亭你纠正（应该是爱你）
你知道我到了书店的分裂感 （在书店，
什么都想放下）这样就照顾不了你
我爱听你说——我才不要你照顾呢

2008-8-10，北京东太玉园

# 友人院子里的狗

身架高大。一条土狗
褐红色毛发，眼睛发红
平和。不凶狠，不吠叫
（慵懒躺卧在客厅入口）

你的来访加强它的孤独
晦暗的天色中
在甬道，绝望着你们
（两扇铁门隔开了它）

主人打开铁门的缝隙
它似箭一样射了出去
如何叫唤，绝不回头

从一个角落到另一个角落
它的世界只有四面的灰墙
（你的来访让它得以出离）

首象山远望京城，搜寻
上苑村。它和主人的院落
静之湖餐厅。落地玻璃窗前

四人围桌谈诗，阳光从西边
照射过来（背心涌现温热）

一抬头天黑了。星光闪耀
当你们的汽车开回上苑村
车灯光中蹦跳出它的身体

蜷曲的尾巴，不停地摆动
（它知道自己的主人回来了
暗夜中，它已等候多时）

2008-11，赠孙文波

# 茶吧闲聊

这时代最佳去处，不是在广场
或会议厅。几个人在众多话语场
展开日常交谈，当然放弃辩论
　　面前的碧螺春和西瓜子
方形木桌。身陷于枣色沙发
从落地玻璃窗望过去
地铁列车上升到地面的高架桥
桥下车流，不见人影
　　你乐意与外面保持能见度
可在很多地方居住一些日子
然后，持续地远游
让身体尽可能地闲下来
　　而你的闲暇需要钞票来支撑
我们却在一起，把一个人从生聊到死
语言的力量啊，布罗茨基的持续话语
让一个联邦——自行解体
　　我们的同志，八九年国庆礼花中
失声痛哭；你把她扶进室内
现在异国，她过着中产阶级的生活
　　不说了，还是聊聊海南文昌的椰林
农家乐。海蟹。椰子的三种吃法

大海啊，你可以没日没夜地面对它

　　特德·贝里根致力于谈话的诗歌

有肌肤的温度和现场感

不同于艾略特建筑艰涩的诗结构

　　时代也悄无声息完成它的转换

从街头游行人群，退到一杯清水前

杂语声中，我们谈及于此

　　元稹寂寞宫女，坐谈说玄宗


2008-9-27，北京北四环某酒吧

# 地图册页（组诗）

我走过的地方，比想象的
还要辽远，长空一片
水草苍茫。一个游牧者
他获得意想不到的生成

——题记

## 张　望

路牌上的地名模糊掠过
你习惯在大地上行走张望
从平原到山陵，国道上
第一次（或许最后）路过
一个叫"灌涨"的小镇
拉煤的驴车，迎面驶来
悬崖上的老人，怀抱羊鞭
（羊群散漫在向阳山坡）
和随行的卧铺车窗外的云絮
它们出现，然后迅速消逝

## 邕　江

他老婆上班去了
他去了《邕江》杂志社
一百三十平的房子

你躺卧紫色沙发读书

更换衣服，裸体了几秒钟
车流声浪包裹南宁江北大道
临江的房子。邕江红色地流涌

你就要拿着黄焕光从腰间卸下的
钥匙，出门。用餐、打印文稿
——所有的房门朝你打开

### 孤　单

宜州峭壁山石间的溪流
溪流中青山与人的倒影
竹筏。长篙。赤脚汉子

让你们在山水间流转
漂流，徐缓与湍急
惊叹声扩散到寂静山野

审美中自然的敌意与孤单
盼望见到终点的城镇和汉字
远离人烟的自然，不可久居

## 楚 地

"你们是不是荆州的？"
一个陌生男人插话、询问

皇木村露天夜市。和师东吃
羊肉串。牛栏山二锅头
用楚地方言交谈

在异乡听到乡音的人
想和你们在一起，碰杯
虚拟中回到我们的故乡

## 活着或死去

杭州湾滩涂，海水漫过脚趾
兄长从老家打来电话

跛腿的二舅妈，死了
手机中的声音，微弱断续

（你的老亲戚一个个
从电话中消失了）

那年睡在二舅妈的厢房

贪吃她制作的炒米糖

茫茫世间，她活着
好像死去了多年

### 返　回

姆洛甲。山水间的壮族山寨
进去在山歌中吃了一杯米酒

离开时喝杯茶。两个女孩站在
河边合唱送客歌。老妇人还在

那间屋子纺线。外婆死去多年
原来，她回到这苗家山寨

一个梦，在这里被保持
储存在数码相机的磁盘

### 在三里屯

热烈的阳光。三里屯院落的
香椿树萌出油绿发光的叶子

停在那里，身体很多器官
在跑动。你想搏击、做爱

你对自己说，抓紧生活
春天来了，万物流光溢彩

（无奈平息，阵阵潮汐
这从身体里突发出来的）

### 海的情欲

大港油田的活动房。路面
起伏不平；从车窗望去
道路奔向遥远低垂的天际

白云间隐隐约约的楼群
路标。人影。墙上的宋体字
塘沽浴场。人工处理的海水
塑料棕榈树泛出奇怪的绿光

云絮翻卷；天空一样
动荡的渤海。海浪喘息
如同，体内发动的情欲
每一次的到来不可重复

### 幽　会

地坛书市。密集的人头
《运动派诗学》怀抱胸前

心跳辐射到书页的微颤

一对男女在银杏树下
缠绕着亲吻。他们把这里
也当成了幽会之地

## 漫　延

在窗外。丽江汽车站
她望着分离的卧铺车

她替你把行李安置放好
还用双手摸了摸铺位

车就要开行。她下去
隔着玻璃窗，她的泪眼

灯下。她用温水为他清洗
身体，用她的小手摩娑着

像个婴孩，接受她无声的照料
水的温暖自脚趾扩展到整个身体

每当回忆，它们又漫延上来

## 秋　日

天空的飞机似乎一动不动
地安门路口，沿着电车网线

望见云朵停歇在起伏的燕山
树绿色被抑制。骨节疼痛

时光在变暗。爱过的女子
随着秋日到来，渐行渐远

早年纠结的情事，缓解了
——没有什么想不通顺的

树叶雨一样飘落。枝杈裸露
放弃中，它获得简洁的美

## 夜　行

路灯熄了。星光闪耀
静悄的华北平原在呼吸
北京东郊，从武夷花园
到三元村的开阔地带

你想着自己正走在

北方子夜的天空下
离开江汉平原四年了
八千公里的故乡远去

离开家乡，离开亲戚
越远越好（早年的梦想）
现在，你兑现着它
过去的房子空在南方

就像脱下过时的外套
你又将流落何处
世间即旅馆：进住，离开
（纳博科夫一生住在旅馆里）

## 照　见

灯光中，你再次
看见怀柔县城的湖水
你们之外的安宁水面

那年，你奔波游走
身体散了架似的浪游
到堤岸，碰见浩渺湖泊

一片清静自持的水域
把你遗弃，又将你领回

照见你们的，落魄惊魂

### 一只沙鸥

整个旅行看见的是表面
或者说，什么也没看见
除了那只白色的沙鸥

当你从内蒙古的沙漠
回到武陵山中的湖泊
（不知将流落何处）

停靠在锈红色快艇上
在不安的湖面，逆行
就在回头的一瞬间

黑色沙渚上，一只白鸥
望着面前——涌荡的湖水
游艇和一晃而逝的我们

### 母 性

我的老邻居：范翼肃
在我掌心写下她的名字
她的大女儿远嫁加拿大
小女儿去了生产钟表的瑞士

（一个人准备老死在北京）
多么美丽，她的皱纹
看见她，想到什么叫母性
那年，在地安门筒子楼索居
和她睡在一起（在梦里）

## 身在何处

九九宾馆在金坛小城
你睡在双人红木床的
三分之一（那些红木椅，
在其中一张坐过两分钟）

宽大的床上，半夜醒来
（你身在何处），而它们
以暗中的沉默让你明白
你是这里唯一的呼吸者

## 梦幻生活

一个女人哭喊，在富阳
小酒仙旅店，黑夜
看不见她变形的脸
转钟时分，夜行车

从她哭喊的缝隙驶过

没有谁回答她
对着黑夜不停叫喊

富豪休闲浴池人已散去
她以哭喊干扰你的睡眠
这陌生女子，她扰乱了
多少人的梦幻生活

## 服　从

江水泛红浮起船上人家
江滩开垦的菜地被淹没

身心不宁。走在江边的人
合同泡汤了，他恐慌

（仿佛死亡并不存在
不停地 -- 要要要）

退休了，却迟迟不肯
交出办公室的钥匙

最后，不得不离开
从待了几十年的单位

分配的房子亲人身边退出

嘉陵江边（他消失了背影）

## 双泉堡

新鲜的早晨。人挣脱了羁绊
从黑夜出来。一个赤裸的人

面对自己和这个世界
－－不带陈见

## 胃记忆

这呈现桌面的米酒
土鸡。韭菜炒豌豆
它们的味道不一样

在废弃的上林湖窑址
窗外荒草；瘦去的湖水
一只黑狗在桌下巡寻

你们咬碎吃剩的骨头
流浪的胃被家乡饮食
所塑造。在世上

你们游走或凭吊
这老去的身体能认出

它们的味道和气息

## 香　气

沿途的香气来自哪里
和防城港的渔民出海
邂逅两个去看海的女孩
（身旁同行的少女
还是高更的塔希提
牛粪，被海风刮倒的槟榔
高高的戴尖斗笠的渔民）
沿途的香气来自何处


## 缓　慢

水中杂草，苇和人的
倒影。缓行的乌驳船

从芦苇缝隙，忽然看见
高速公路，疾驰而过的

大卡车，就在芦苇荡
一旁。这缓慢生活的

附近（你过去发疯的
没有印痕的匆匆奔走）

你归来，尚湖芦苇丛间
没有目的（闲谈与游荡）

### 柿不离枝

杂草变黄了。新耕的
田野中间，狗还在张望
红光返照的傍晚的天空
在日益缩小的高楼金骑车
走动，爬到树上采摘
透红的柿子。高粱刈去
麦苗就出现在面前
土地永不衰退的生殖力
柿子紧紧抓住枝条
一个俗语被我们体验

### 新　雪

榆树的枝条被雪折断
因了它过多的枝叶
落尽叶子的杉树完好无损

泡桐的阔叶印在雪中
它们的淡绿色融入雪地
这是新居见到的一场雪

你住过的一幢幢房子
交错的雪景。它是幻影
唤醒了属于幻影的事物

　　　没有目的

和平里小区的空地。树叶
落下来（空闲的座椅旁，
被人拢成坟茔的形状。）
人们瑟缩着凑成一团
晒太阳。玩纸牌
树叶落下来没有什么隐喻
人们在挨过冬天没有目的
你好象是落叶，又是
那些晒太阳的人；既是山谷
又是山峰。一双虚幻的眼睛
看来，它就是这样

　　　光与影

夕光从王府井玻璃房子
折射到身体，轻敷脸上

从自我的沉思中，探头
看见身外光影的变化

今天，阳光从另一幢
楼房的玻璃投映过来

经过阳台的窗户
光临到室内的画布

你从自我辩驳中撤离
看见身外事物的曲折运行

### 地铁换乘站

转弯的楼道，旋转的
上班族的脚步声。栅栏
坚硬的管道 —— 那是你
接听兄长电话的地方

他的嗓音从南方家乡
的稻田传来。这些年
你带着和兄长相似的
长相，他的视觉

和他的胃，异地折腾
受尽屈辱。你想让他
把你领回家乡，再也
不要离开一直到死

### 车过当涂忆李白

平原升起的开发区
马路两旁低矮的房子
当涂，像一枚镜子映现
你的晚境：月下饮酒
稀疏的长发须髯

我的一个镜像
在不定的世间游走
飘荡，一切只是中介
我们远行，吟啸
把"当涂"留存下来

### 高　地

起伏动荡的甘西高原
上面是安静的蓝天

弯曲的道路。不安或忧伤
将你逼向这个至高点

作为对漂泊岁月的报答
停歇于此，安静恬喜

像个神，从那个高处
回到日常行走的马路

你知道自己到达某个高地
就一直走在通向它的盘山路

### 滕王阁

我们登临而上
在江水流逝中

秋水长天。落霞孤鹜
王勃触抚汉语的质感

写作，就是一种看见
身体的纤维织入母语

### 居无定所

你要开始自己的游走
某个地方住上一些日子
时间或长或短随心情而定

辞退世间的职位和名号
或以沉默，远离世情
世界很大，神奇的地域

就是有一千次生命
也来不及一一寻访
居无定所。你看清自己

可能的生活。大同野长城
登高远望——北国的天地
在涌现，浩荡而开阔

### 在中甸

这里居然有政府，但影响力
在减弱。你把目光集中在
低垂的云天和凸显的山地

无声涌向远方它们的苍莽
而你的同类收缩变小
直到最后消隐

松赞林寺点缀在山腰间
藏民背篓中的青草
高过了她们的头巾

### 夜普陀寺

植物和佛寺在一起
庭院和藏书阁

和枇杷银杏石盆的秋荷在一起

海风和桂树的弯曲在一起
银桂的细蕊和黑瓦在一起
梅的枝影和红墙在一起

和有两片白云的蓝天
和相机按下快门的脆响
和寺庙敲响的晨钟在一起

海盐和南北湖钱江潮和杭州湾
夜普陀寺和东海，和云岫庵
归来的星月在一起

## 护　照

苍鹭在飞——白色的影子
掠过鸭绿江动荡的水面

飞越布有铁丝网的国界线

鸟的词典里，没有国家
一双翅膀就是它的护照

2007 年初稿于北京，2009 年改于汉口

**辑三** 旧地游（2013—2015）

# 马路中间两只布鞋

马路中间
散落两只布鞋
汉口唐家墩
柏油路上
两只平底布鞋
在马路中间
黑色灯草绒布
纳成的
松紧布鞋
一只朝南
另一只
朝向相反
散落在马路
相隔半米
在往火车站方向
的大路中间
一只朝南
另一只斜扭着
相反的朝向
断续的车辆
从停止的布鞋

中间或旁边

快速驶过

半新半旧

黑色灯草绒布

缝纳成的

一双平底布鞋

停顿在马路正中

谁的双脚遗弃了它

把它们扔在大街上

一只朝南

另一只奔着

相反的方向

2013-2-11，汉口

# 写作的享乐

他用一只轮子骑着摩托

应当说，是在正常的
两只轮子的骑行中

穿过高架下十字路口
的红绿灯

忽然
他将前轮提起

悬空

身子随即弓曲
往后仰视

一只滚动的轮子
载着他变形的身体

随轰隆响起的马达声
那爆发出突突的呼叫

和身体血液的喧哗

和他亲爱的车
和身心所有意念与动作

这不可复现的瞬间
达成了完好的合作

一个男人用一只轮子
超常骑行

前轮
悬空

刺激的空气穿过那一刻

他突发的即兴
受制于那一刻的
路况，他的心血感应
与爱车合谋的经验

那一刻，他抓住了
某个正午，唯一的
一闪即逝的瞬间

2013-5-8，汉口兴业路

# 重 现

儿时摔过跤的叔伯老表
今天从他的女儿看见
亲晰的，充满笑意的眼神
和抿嘴时透出的一丝羞涩
他没有完全消逝

偶然的病魔没有完全夺走他
血液在其怀抱小孩的女儿身上
隐隐显现，他家的老房子
母亲的肖像，随他消隐的
在他女儿身上，突然重现

只是瞬息。如果没有我
谁会来指证他曾经的在世
当他女儿和我和他一样消隐
他传递的血脉在他外孙身上
越来越稀薄，谁来辨出他
从一个个相似又陌异的身体

2013-12-30，后湖农场

# 熄灭的火盆

就着从城里带回的火盆
读书向火，在老家的二楼
这有着质感的温暖
抵御突袭的天寒
儿时父亲在堂屋燃起
一盆火，隔年的树兜
点燃起来，外面飘雪
一家人围坐火盆说笑
随着玉米的爆响
和蚕豆炸开的香气
父亲不说话，抽着他的
自制叶子烟。他的面容
在火光中晃荡。什么时候
你曾递给他一根烟
一句问候，他从你这里
接受过什么，你不知拿什么
孝敬他。就着渐暗的火盆
不安或愧疚。木炭很快
变成一截截的灰烬
这机制木炭也没有童年
父亲燃着的火力旺盛

他用一根枝条一拨弄

火苗就跳跃。外婆起皱的手背

母亲沾有菜叶的手心

兄弟姊妹不同长短的十指

伸向火盆。父亲烟雾中的脸

透映光亮；你多想递给他

一粒糖果或一包香烟

——他不会再接受

这人世短暂的亲情和温暖

他点燃的那火盆永远熄灭

2013-1-18，于后湖流塘口

# 使用小城的时间过日子，挺好

我走的时候汽笛鸣叫。绥芬河
一点也不偏啊。两个国家交织出
汉语和俄语的宽度，随处可见
欧式教堂，金发蓝眼珠的女子

从哈市通往它的途中就开始想你
我是在抵达十年前遥望过的小城
想象的冰雪覆盖这里。残雪冰凌
潜江街头。你打来电话，我问询

你们那里冷吗。从你北方的词语
触摸这里的冰雪。现在同样问你
这里冬天冷吗。就是在这里啊
你把诗的问候发送到我待过的

所有城市。我们可在任何地方相见
潜江客厅闷热。长途电话突然拨入
关于叙事和旅行；遥远的绥芬河
的诗意，带来了荆楚盛夏的清凉

这里果真凉爽。以后常来的地方

当我们走在它街头，四处观望
这是你写信的地方，你的声音
追随我到达北京，几乎走遍了

我流徙租住或明或暗的所有房子
你试图离开这里，什么边缘啊
在哪里都一样，你和我睡在自我
的黑夜——我们所在的地方

这里就是中心。登青山观画展
国境线上，碰跳出你亲切的信息
在自家庭院拼酒，想着把你放倒在
整齐的书房。贤妻貌美儿子酷似你

在祖国边陲生活多好。四点二十分
天就亮了，与武汉处在不同的时差
使用这个小城的时间过日子，挺好
什么地方都不要去，这里就是家园

2013-8-16，赠杨勇

# 密谋者

去看你的时候，沿途下起
大雨。不知能否到达
你的城市。在候机室
待了好几个时辰
昨夜梦里，我还停留在
潮湿的龙洞堡机场
想着与你的重逢
我们躺在一起。文林旅馆
你还要我再来一次。外面
人影晃动。我们有些
偷偷摸摸的，但这给了
彼此某种刺激的快感
在两个人的世界里
一次次从你的身体起飞
就在想再次抓住你时
我醒来，还上了洗手间
好像去平息身体的冲动
很快地，拥有那个时机
终于起飞了，离开雨意密布
的机场。玻璃上雨的划痕
飞机直穿过灰暗的雨云层

机身下的灰雨云
覆盖翻滚在那里
通过飞行，穿透了它
身体的气候被改变
亮敞的天气陪伴我抵达你
雨丝不见影子。你们聚首
在一起，像两个密谋者

2013-6-5，汉口

# 我的汽车

汽车饿了

汽车要喝油

汽车快散架了

黄檗山峰顶

它走不动了

我的汽车在呻吟

它找不到出路

安陆的黑夜

从它的身体醒来

深夜绕行国道

避开红灯和警察

谁的车占了它的位置

请自觉离开

谁动了我的书房

我可知晓

异国的朋友，你可知道

在三等医院

手举吊瓶扶你上厕所

我的汽车在腊月的露天

它陪守了一夜

亲爱的汽车

路灯熄灭时把我们
送往荆楚老家

汽车累了，汽车病了
汽车混淆在修理厂
错乱的车间
它被撞伤了
玻璃破了，眼镜坏了
轮胎破了，右腿跛了
救援车拖着它
子夜穿过沪蓉高速
汽车回来了
汽车穿过长江隧道
隐在图书城一角
冬夜忽然飘洒雪粒
从酒吧出门钻进它
体内储存的暖意
从火车站人流中涌现
我的汽车迎面驶来

慢行到后官湖的坡地
动荡的湖面
水鸟不安地飞行
沿途的白云一片
在丘陵上空飘远

拾垃圾的河南老乡
住在路边的工棚里
我们穿梭在二环路上
汉口平行交错的街道
高架桥下的阴影
路过唐家墩公车站
冷风中收缩的男女
马路旁塌陷的洞孔
惊心动魄的车祸
地下车库空荡荡
我给它擦洗污点
清洁油路的积炭
我们焕然一新
来到灰暗的城
我的牙齿掉了
我的汽车磨损了
我和汽车穿透尘霾
驶往不明朗的明天

我的车累了，我的车病了
我的车来到黄檗山
车内坐着穿裂裟的明一
我的车铂金灰，灰且暗
我的车不和他人比档次
我的车在高速路缓慢地走

我的车底盘沾有乡村的麦秸
我的车也有户口和身份证
我的车绕开冷漠的探头
我的车不买商业保险
我的车遭遇各色同类
各走各的道路
不和它们发生磨擦
我的车总是停在地下车库
我的车怕孤单寻找车友会
把它生活的半径扩大

开罚单的警察。红色加油站
4S店职员。勤苦洗车工
GPS销售商和车检中介
盗车团伙。汽车缝隙间
发放广告单的老妇人
后视镜退去的荒草
我的车上总是一个人
（堆满杂志和CD）
我和我的车共颠簸同起伏
我和我的汽车人车一体
它的任何响动牵动我的身体
刹车灵敏是它最大的本领
我的车九死一生重现于路上
我的车驰骋在没有去过的地方

发动机在我身体里鸣响
大雾迷茫抛锚于岔道口
我和我的车互相提醒
（小心驾驶，掌握方向盘）

2013-6-11，汉口

# 山地行纪

（赠明一法师）

黄檗山色渐显。经过的村镇
和人烟退远。你绕行一个个
急转弯的山头——层层山峦
堆叠入云天；来路看不见了

被一块直立的大磐石遮挡
暴雨后的路面，部分坍陷
汽车缓慢通过；沟壑悬崖
在窗外——山中独自慌恐

无念师[1]的衲衣在面前晃动
布袋里的经书，念珠或蒲团
猿猴嘶叫中，攀行山石草径
胼手胝足，他碰触的更蛮荒

一根禅杖在手，有时他在
石上歇息。和驻锡多年的
龙潭寺越来越远，渐厌喧嚷
他念咒，可退避山中七寸蛇

向人迹罕至的黄檗山深入
觅得终老处：危峰耸峙间
一块平地。此山寂寞已久
似有所待，待无念法师至

荒田可耕。野菜供咽食
麋鹿做伴侣；衲子本色
不为虚浮——孤峰顶上
盘结草庵，息形且息影

四百年后，他途经的山林
水泥路替代了草径或石道
狮子峰林场琉璃翅檐在山腰
还以为是法眼寺的藏经阁楼

一汪水面不是幻中无念湖
潭色清碧，融纳青葱山尖
息影塔在更远的另一处山腰
在某山头停下；车快散架了

岔道口的犹豫（山行无退路）
法眼寺在哪里。山鹰呼鸣
往北飞逝——绕曲的山路
引领你，抵达两株老银杏

法眼禅寺已毁，仅存残缺
石狮；周遭猿猴远在想象中
荒野越来越少，大路通天
——法宝越来越难求

从龙潭湖到黄檗法眼寺
高架桥穿连山间。扇形沙洲
运沙船被搁浅。错乱的街道
李贽大道的路牌歪斜在那里

芝佛院被焚烧。巨石还存
干涸龙潭湖[2]。僧人换了几茬
卓吾先生的塔屋还在，晚年
他不得不离开，被人追杀

一生在逃离，避于官位
故里和家庭，以文字为枪
老人无所归，以朋友为归[3]
情境悲且壮，避难于法眼寺
尾随无念师，也走在此路上

青山屏列重重。视线交错
寻其蛛丝马迹，过阁家河
此地名还在，家国还在
山河已破碎。你一路嘀咕

寻前人事迹，前往黄檗山中

【注释】

[1] 无念禅师（1544—1627），湖北麻城人。龙湖芝佛院守院僧，号无念，曾礼请李贽居芝佛院，晚年入黄檗山，另创建法眼寺，圆寂于此，肉身留存于息影塔。有《醒昏录》《黄檗无念复问》传世。

[2] 龙潭湖，于湖北麻城东北，李贽（号卓吾）于 1585 在此定居，著书讲学十余年，后被逐，寺院被毁，避难于法眼寺，次年为马经纶延请于北京通县，后自杀。

[3] 引自李贽《与焦漪园》。

# 法眼寺午餐

从山竹倒伏弯曲的形势
你的袈裟勾勒出的身体
飘摇僧衣的下摆
发丝的紊乱，看见了风

端坐于灶台前，往火中
投放木薪；你沏茶
细心专注；打坐的身体
黄色的僧鞋平放门前

双手合十。口持咒语
你带我绕塔三匝
我看见了佛
在你身上的作用

我观山中风物
你看灶内薪火止息
我在厨房制作午餐
你从禅房打坐出门

寺旁菩提树下

我们无声用餐
云影飘浮，夏日凉风
吹过清泉上的影子

我们用着简易的午餐
在清凉的息影塔前
暑热在五百公里的山外

十方一粒米，重如须弥山
碗中最后一滴面汤
你用舌头舔了舔碗心

山风啊吹送耀学的僧衣
无声回到空寂的寮房

2013-8-20，于黄檗山法眼寺

# 出 门

## ——赠扎加耶夫斯基

一千公里不算远，对于高铁
和友人去探望来自异国的诗人
他的诗在不同的语言里流转
类似于经过不同路径的迁徙
保持他的声音或指纹，能辨认你

扎加耶夫斯基。对于热爱的诗人
一千公里不算远。从广州站出来
产生厌倦和恐慌：密集的人群
和多年来累积的冷漠
迎面扑来，瞬间你想撤退

又无处可回。而他从欧洲
来到亚洲，古稀之年打着领结
前来——品尝本地的早茶
像布罗茨基在一字听不懂的
热心人面前，吟诵他的诗句

"诗召唤我们走向更高的生活，
像出色的宇航员，凝视大地。" [1]

他来到我们中间——这有别于
异议者的异议者，他爱过恨过
饱受流亡苦涩，返回散失家园

你尝试赞美，这残缺的世界
你应当赞美，这残缺的世界[2]
在我们的日常，让激情与反讽
和解交融；美的召唤和允诺
我们朝向它，做无尽的远行

暗色的西服佩戴枣色领带
领奖台上波兰母语的韵律
在他身体不远处，感受寂静
平实中的机智，善意和幽默
扎加耶夫斯基，你是个男司机[3]

你不说话，你的气场笼罩我
自助餐厅用餐，你点点头
换上了休闲装。你的白发
你的眉须间透亮的栗色眼珠
你的身体周围有一圈圈微光

一千公里不算远，对于你
更远的旅行，对无限的钟情
和你站在一起，电梯前说话

顺便地拥抱了我。我的身心
同你的世界发生过连接。是的

诗歌寻求光芒，带领我们
到达更远的地方。我们出入
在诗人的家族；我的眉宇间
留存你的目光。我们去看你
一点不觉遥远，对于你的到来

【注释】

[1] 引自扎加耶夫斯基诗句，见《休斯顿，下
午六点》

[2] 引自扎加耶夫斯基诗句，见《尝试赞美这
残缺的世界》

[3] 扎加耶夫斯基打听他的名字在汉语中的谐
音，愿意对方叫他"男司机"。

# 洒 水 车

雨在下落。街道上的洒水车
依旧洒水，走在自己的程序里

某女士还在谈论某人之死
死亡的惯性里她收不住脚步

洒水车在雨中的街道洒水
走在它自己的程序里

一生都在写，写字，没有封笔
的意思，充满幻觉，仿佛可以

一直写下去。转弯处洒水车储水
帆布水管连结椭圆形的水厢

热爱会议厅退职了还在主持会议
他要面对听众不可中断也无法中止

洒水车必须洒水无论阴晴雨雪
洒水车不得不走在人为的规定里

谁赋予他权利给人们颁发荣誉
他自以为有责任施予虚幻奖章

你来不及闪躲，洒水车抛出水线
挟持尘粒，溅湿了你低贱的鞋面

从深深的睡眠中，你醒来
天色未亮，洒水车还没出发

你还有时间，打量这段暗夜
荧屏中一张脸还在广播谎言

孤寒的子夜，华灯缓缓褪色凋残
冰上洒水，洒水车消失在梦幻广场

2014-6-21，武汉三角湖

# 江汉平原的雨

教室里他授课的声音掺和了
雨声，带来草地和桑槐的气息

敞开走廊斜入的雨线
划断正午下课的电铃声

雨雾中柳树林边的田野
一片片云气积攒着游移

她讲述她：出门去淋雨
田埂上，雨湿薄衣贴身

勾勒她十六岁的身体
小乳房。露出白牙走向我们

到积水走廊。我们嗅到她过去
雨中疯跑闻到的稻禾的阵阵香气

姐姐奔向父亲的房子在跑暴[1]的下午
脸上的雨珠混着斗笠下栀子的芬香

忽然回头，在乡村校园的窗口
望见田野雨雾中豌豆花的淡紫色

和新华书店门前散落的雨点赛跑
雨在浩口小镇的街道上追赶他

怀揣《约翰·克利斯朵夫》，保留
少年的体温，回到雨声环绕的校园

从北方的夜雨，他梦回江汉平原
的雨线，油菜花涨满一块块田地

农忙时节，亲戚们聚在小瓦滴水
的檐下，或站或坐，在那里听雨

雨散落在收割田地金黄稻茬上
楝树林沟渠中溅起一个个音符

偏桶雨[2]让乡民停歇驼背的身子
玩个游戏，为他们即兴奏上一曲

【注释】
[1][2] 跑暴和偏桶雨，系江汉平原的方言。

# 孤 岛

跟随雨的脚步，他前往
那岛屿，被田野沟渠
绿树环绕的，从远处看
类似于孤岛的乡村中学

泥泞的道路连结着它
和十几公里外的农场
阴雨阻隔他和外界的联系
邮递员的身影也消失了

一部手摇电话从场部
转拨到分场，再摇呼到
这里。只能接听不能拨出
唉，那雨中走投无路的时光

只见水杉林缝隙之间
雨雾迷茫的田野。出门
即见田野，碧绿和荒凉
转移到他的身体和意识

同孤岛相处，挑灯夜读

走廊梧桐树叶风中滑行
疑似有人叩门。他开门
脚掌般的落叶在此徘徊

这孤岛的孤寂塑造了他
顽固的午觉在那里养成
让他沉入慵懒，缓解重复
单调的压迫——时光让他

从自我的睡梦中，醒来
从熟悉的事物看见陌生性
阳光和空气；田野在转换
一茬茬学生，飘扬旗帜下

更新的面影，从田野四面
奔向这岛屿，又从此散开
回到炊烟升起的地方，如同
铃声和炊烟，敲响或消逝

凹字形校园向南：菜畦田野
那里的河渠。池塘。水塔
教室北面的空地，空地边缘
的厕所，柏树环绕的土操场

多年后，它们移入他的体内

转变成他的感情。他逃离
到了远方，孤岛在勾引他
返回那时空，却悄然消隐

池塘长出棉花。砖塔变形
单身宿舍夷成平地。操场
耸起电信塔。那矩形厕所
坍陷瓦解，找不到少年们

——奔跑的影子的喧哗
他在那里默悼，被时间改变
的空间和地理。光线中蚊蚋
嗡鸣。一个声音盘旋其中

凡建立必毁弃。一切抵不过
荒草和时间；你不必在大地
寻找虚假记忆，最终被改写
在尘世如果还有什么能凭借

可信奉语言，也得依恃典籍
将化成纸浆或灰烬。噢，不
不能这般虚无，你还得有所
信靠，不可听从幽灵的私语

2014-4-6，国营后湖农场

·178·

# 1979 年

校园东南角一株桃树
桃花怒放，粉红色的
密密花簇，开得不客气

他身体也有这样一棵桃树
讲台上，把他对学生的爱
不吝惜，毫无保留地给出

校园晨读，他时常碰见
草尖的露水；女学生蒋茂珍
低头称呼柳老师，脸蛋泛出

桃红色的光晕。有时她
头插栀子，从他身边遗留
淡淡花香；红砖砌的讲台

一瓣荷花在桌面，当初夏到来
课堂怎么不见她会说话的眼睛
那桃红，那露水，突然间跌落

碧荷连天的返湾湖，她们去采菱

倾向于木船一边，从浮着菱叶的
水面沉溺——你再也看不见她

低声叫他，脸蛋出现的一抹桃红
讲台不再有亲切的荷花。十六岁的
女学生——从乡村校园走失

桃花飘逝。十八岁体内的桃树
被折断。他明白，从那年开始
——他就爱上了死亡

2013-4-5，汉口

# 还乡计划

那些年，在我身边，她讲述
她的家乡。童年玩伴和穷亲戚们
舅舅家的方位。田野边的小学校
摇晃着绕过稻田，她搬着小条凳

上小学。天空中一只小喜鹊
土路边草尖的露水湿了她的脚
一只青蛙蹦跳着在她的前面
又撞上两只媾连不开的狗

那些关于故乡的回忆在他们热烈的
拥抱，身体狂欢的余波荡漾中出现
他们对故乡有说不完的话
当身体完成充分的表达后

开始他们的还乡，并肩直躺着
握着对方的手，身体不时地悸动
因为爱他的家乡变大了连结到她的
出生地。说累了，不知不觉滑入

梦中的水乡。平原与鄂南交界的

叫胡家嘴的村庄。时隔多年
能忆起那里大致面貌，她的家庭
那里的空气，动植物长势或风俗


一排黑瓦平房被北面倾斜梯田
所衬托。在自家院门朝北观望
田野四季色彩的迁变，柳树环绕
站着石磙的禾场，稻草垛和菜畦


红辣椒。西红柿和栀子花点缀在那里
甜高粱高出它们，弯向菜地边的沟河
靠近堤岸两旁长满了猪爱吃的水草
河中央能见河水清亮，那是船只运行


的结果。有时能看见张开的罾网
一个男人在木船捕鱼，竹篙伸向
穿过河面上空的电话线或麻雀
从石板桥见到变幻的水天一色


墩上石板铺接的桥。身着红花衣
拎着母亲让她给外婆捎去的甜瓜
或花生，兜里有外婆塞给她的
从游动商贩获得的棒棒糖。河水荡漾


目光移向对岸的堤坡，平原唯一的

地形变化。长大了骑父亲的自行车
以前坐在车架上，后来你看见她
突然松开双手，取出挎包的书翻看
哦，那是她在故乡上演的骑车独技

流逝河水记录这一刻。有时她步行
从堤坝的乱泥路出门，沉重的背包
忧心忡忡到省道边，张望过路车
转入长江边的国路，和你在一起
高速公路奔向远行的码头，火车站

讲述她的故乡，一遍遍和她回家乡
有时，通过她写就的字里行间
挥手在路口，张望她回乡的方向
车要经过的桥墩，路面和小集镇
什么时候，她到达家乡的河堤

把电话打给你（通报到达的时间）
电话中兼听她家豢养的狗舔其小腿
公鸣打鸣参与进来。她在电话哭泣
即时听到那里楝树枝蝉的嘶嘶叫唱
从那里出发，细雨中奋力走出山野

河水变浊。阴云压在棉花苗上面
穿过田埂，背着书和芝麻酱离开

爱和伤感挣脱与奋争，孤身奔向
外面的世界（那不是她待的地方）

却发现离不开与生俱来的家乡
不可选择的出生地。从大西北
的枸棘丛，她把电话打到那里
父亲的声音好像从地里断续冒出
低微深远，因了遥远而气力不足

胡家嘴——地球上的小地方
去寻访那里（挺私人的计划）
在什么季节，扮演什么角色
走访她家乡的河流，堤坝梯田
陪伴过她还乡的沿途的风景

早些安排行程，尽可能多地看到
她家族的亲人，说不准借宿她家中
她父母因了你说话的腔调把门打开
你愿意睡在门前夜色降临的柴垛间

多停留些时日，在那里走走瞧瞧
她屈膝在晾晒棉花的架下偷窥猫肚
的花纹。田野对她说话，给她早年
最好的教育。出门和归来如何的打扮
面色和心境，如何转移到她说话的语气

和写就的文字。邻居办喜事就混在
吃喜酒的人群，听那里的花鼓戏
扮相会作改变，和那里的风俗相协调
布鞋让那里露水打湿，眼镜也摘掉
像她戴隐形的——用多重视力观看

2014-8-3，鄂西山中

# 服 饰 诗

我把模特身上的衣服转移到你的身体
我知道你的身高，哪些款式适合你
与身材协调；和你身体透出的气息
吻合。你的体型，隐秘部位的痣
锁骨凸凹。素色与简约。稳定的审美
隐藏的个性，讲求暗藏心机的花样
暗色外套与贴身花衣混搭出的休闲
服饰是个人养成的审美的一部分
也强化了你的偏执。爱为身体加冕
激动的衣裙让你在旅馆的镜子转动
服饰加入我的欲望更新了你的身体
和内心，接纳了我施予的改造
触及欲望的衣物，敞开或隐形
朝向它或自身。你变了一个人
拥有了多个自我。崭新的视线
精致的衣角褶皱绸裙隐藏的诱惑
棉质麻料体贴身心远离涤纶和艳俗
身体和飞扬的红裙子出现在大街上
挑衅沉闷的制服。不停歇地出入
服装店，报复童年赤贫的隐形伤害
藏蓝是最爱。带花边的白衫映衬白颈

旅店灯光中身着睡衣的男女在絮语
内敛茶青对比明艳绯红（反之亦然）
黑白是永远的主题；红色是必要的
可要退出它依附的意识，必要时
以黑色抑制。所有与身体接触的衣服
成为流逝的影像。我们的那些旧衣服
流落到时间的哪个角落。猩红色棉袄
融化甘南藏区的冻雪。青春的卡其色
T恤衫，你的手指黑夜里来回抚摸它
身体交热的潮汐中，柔滑内衣褪去
柔凝肌肤泄露。铭刻身体记忆的衣裳
脆弱之物接触过你唯一消逝的身体
从精舍服装店出门，拎着终将变无
的衣裳，朝向远方终将走失的你们
为你们空幻肉身，购置虚空衣物


2014-11-16, 武汉月湖

# 宿　疾

她的身体残留着少女的影像
又有着少妇的妩媚
像个婴孩，一会儿像他爸
一会儿是他妈的侧影
时光似可倒流，她停在几十年前
你还可以去爱她，你望了望夜空
有些伤感，在酒意中加深一些
秋日到来又增添一份。爱就像
身体里的宿疾，多年后隐隐发作
骨节疼痛，伤感，像少男少女倾诉
欢笑或哭啼。爱情又来了
你们把光阴消磨，不消磨又如何
就是用来消费的，就像你们的
身体是用来耗尽的。你把她神话
把你的想象附着在她的身上
这是你闯关的魔力。夜里
她似乎是唯一的光亮，奕奕
两个人到底里要到达何处
你们要着对方，究竟所求如何
不合法的激情，愿意死去的激情
那接近死亡的快乐，充实你们

也在你们的身上制造虚空
你还是你，她还是她
你过着你的日子，她也一样
平常得像路上任何一个人在变老
她还是她你还是你，轰轰烈烈的
那个女子拥抱着一个虚薄的影子
你在她身上安置的光圈消失
光阴流逝，你们成了两个陌生人
活得很正常，看上去挺健全

2014-9-9，汉口

# 火车的故事

一条开往南方的火车
正在经过细雨中的长江
起伏不平的岗地，堰塘
火车没有固定的地方
它穿过北方的干燥，又迎来
江南著名的阴湿。经过不停留
它不把自己限囿在某时某地
经过我们的头顶，火车拥有
它的南方和北方。归来又离开
抵达又返回。车厢有粗鄙滑头
的南人，也有笨重涵养的北人
体内的人群，游离着更新
交汇冲突的方言。它通过
华北平原就朝向了准噶尔盆地
从不封闭在一个地域，一种意识
窗玻璃上的雨滴是不规则的
不停地冲撞——外面的界线
长江黄河，束缚不了它的头颅
也不沉陷于站台的回忆
短暂停顿，随时从楼群的包围中
出发，或穿行在新生的重叠

交叉的往事。一列记忆火车

在一个人的体内，独来独往

电力大于内燃。从蒸汽机车的老旧

到子弹头锃亮灵动，走在迎面而来的

命定的铁轨上。它的荣耀和哀伤

一辆开往南方的火车

经过了烟雨迷蒙的长江

2013-4-6，北京至汉口的火车上

# 旧 地 游

好像我从来没有离开这里
像多年前，从京城回到通县
从十里铺到九棵树，从九棵树
到三里屯，夜行或晨往
轨道承载着运行，站口没有增多
或减少，忍不住辨认方位
窗外楼群，楼群之间的空地
被超市填充。那幢公寓还挺立在那里
你用眼光来回抚摸过它，墙体淡绿色
变得更淡了些；回忆让你重返这里
街道，圆形转盘，邮局分所，交通银行
潞河支行。个人的时间与地址
潜伏于此，你和这里发生联系
上班，睡眠。周末逛逛街
像只蚂蚱，隐藏于路边草丛
在此完成自己，离开又回来
回忆。独饮。骄傲于活下来了
成功的失败者，重新回到
你的一无所有，从有到无的虚幻
天地晃动，日光照眼
辨认光阴的走向，你一辨认

就错失，错失要到达的站口
房子没了你的中年在此丢失了
最后，把你自己也遗弃
在这荒凉虚空的人世

2014-7-5，北京通县

# 你的到来第一次也是最后

我住在自己的房子，但这是临时的
房本的名字将变易。空荡荡的房子
剩余的东西摆在不是自己的位置
混杂而荒寂。第一次也是最后一次
你到来这里，倚靠就要遗弃的椅子
聊天，面对神不守舍的面影
暂存的肉身占有临时的房子
这是恰当的表述。在这世间
我们是第一次，也是最后出现
情况是这样的，如同和京城的关系
从某个单位退出（你和一个城市
的关系，其实就是同银行的关系）
当然是临时的，账户的余额归零
你和这个城的柳絮有过交接
总在这个时节，扑入你的眼帘
小区的梧桐树林在出门与归来
提醒给你们，这时间的刻度
使用过的碗我得带走，这是饭碗
不可遗弃。陪伴我短暂日子的图书
得暂时拥有，占用过我时间的沙发
成了遗弃之物，不值钱的二手货

属于你的短暂时光停留在楼房过道
招牌下的等待。你归来，试图
把它唤醒，那个胡同的回忆
转角处天桥上望过去的出版社
出版社门房内临时的登记簿
这座城有过你的电话号码但记不清了
再次拨打幻成空号。不要企图
在任何地方安家，世上没有你的住所
不要指望任何地方落脚，一切是临时
临时且无常。你，一个词语爱好者
描写汉语的象形，建设自己的家感
那就试图去做吧，不过要提醒自己
不可陷于执着，这也可能是临时的

2014-7-17，北京八里庄，给阿西

# 假币持有者

包中银行卡的数字多了几个零
拖着拉杆行李箱，心情异样
你占有越多又觉得少得可怜
世界开阔了些，欲望多了点
可变成触摸的实物。房子汽车
女人和香烟，它们将转化成空
恋爱中的男女，不可排斥它
维护你们情感的纯粹
当然它让兄弟失和，还乡计划
变得空落。它使神也推磨
不仅仅是鬼，人就不用说了
我看见小区的妇女被它雇用
照料拄杖的男人，别扭在塑料椅上
望着不同的方向。你拥有它是为了
不受它控制。狗日的，它让你
这些年活得人不是人鬼不是鬼
受奴役；你报复它，耗费它
在这破败的院子，冷冷地旁观
夏日的茅草疯长，又在秋风中萎去
流逝是肯定的，挽留是不可能的
家乡是不可还的，亲人是不可靠的

人是要消失的，在荒漠世间
你传播的，他人不需要
他们追逐的，你又不给予
一个假币持有者，持币夜行

2014-9-15，武汉黄陂独屋岗

# 母亲与陶罐

母亲的陶罐转移到姐姐手中

多年后，我们兄弟带领晚辈
给他们的姑妈拜年。正月初五

姐姐张罗晚餐，越来越像母亲
像母亲一样，亮出一个坛子

椭圆形，黑乎乎泛出光釉
不见母亲，但可以看见它

一只黑陶罐：盛有熬炼的猪油
围绕它，掏挖里头白花花的油块

搅拌米饭里的豌豆酱，香喷喷
滋润童年，那没有油水的胃肠

姐妹以为母亲没有死，她就活着
她们想念母亲，就去会菩萨

暗屋子。菩萨眼睛放出蓝光

在她面前，姐妹守候半个时辰

母亲才从菩萨的身体，幻现
影影绰绰的——她没有变相

好像年轻了；断续地解说阴间
的生活——她说她会到父亲

和他在一起。啜泣地叹息
（种田的命苦）当她提到大儿子

姐妹安慰她，逐一报了平安
末了，问她还有什么交代的

母亲的身影晃了晃，缓缓地
回答的声音好像从遥远的地方

土地深处冒出来。她问那陶罐
她还记得，临走前交给大姐的

从祖母转移到母亲又继承到
姐姐手中的陶罐，祖传的陶罐

它就是神祇，它在向我们说话

2013-2-15，汉口花园

# 栀子花别赋

还乡碰见栀子花，在门前院子
我摘了几朵放到车内，去见她
（这面带雨露的栀子花）

喜悦淡淡的，就像面前的栀子
轻淡的花香，这熟悉的白花
你嗅闻，有着摄人心魄的香

像多年前一样，她保持着美善
没有变化，就像这本地的栀子
无法言说的香，有草木的气息

这让忽视的栀子，似乎只有我
钟情于它，隐藏在平原腹心的栀子
你不眷顾，不会轻易闻到它的香

那么多年过去了，我记着栀子
我俯向它的面影，它的异香
摄入了那个赤脚少年的心脏

带着它的暗香，在外奔走迁徙

一出生就闻到栀子花香的人
什么花都不爱，他只爱栀子花

江汉平原的栀子晃动在和平菜畦
天空那么空荡，栀子花这么弱小
她笑着接过你送给她的寂寞栀子花

白净的光泽，衬着栀子菱形的绿意
这比衬她肤色的花，民间传递的花
我喜爱栀子花，就是热爱楚地家乡

芳香隐隐诱人。床头的栀子花
她让我又闻到栀子素朴的香
天生丽质，带着雨滴熏染梦境

我的爱，就浓缩在这积蓄的花香
她难过于没有像栀子陪伴在夜里
暗夜带泪滴的栀子，它飘忽的香

令人伤感。让人瞬间发呆的花
我们消失了，栀子花香还在
不死的花魂，它消逝了还会重现

2014-3-27，国营后湖农场

# 平原夜行

这由水塘映衬灰云的夜空
也不能遮掩亥时的平原
路边渔民住宅透出的灯光
打亮电线杆和脱光树叶的枝杈
　　狗吠和脚步声衬出平原的静
青蛙、河鱼在蛰居冬眠
从灰茫田野望过去的远树
零星的一排灯光。你好像在
　　迈向回忆。十六岁的身体
还陷在湖田；你愿意像路边
孤单的渔民，和平原在一起
以其自身的开阔让你们回旋
敞怀呼吸，不至于窒息而死
　　田野收藏的人事环绕着你
沉淀在一个转弯处。节制闸
枯草河边，一户孤零人家
那个知青早已过世，他的中年
婚姻外的恋情，在此上演消歇
　　你十岁的身影在田地挖掘半夏
多年前夜行：那个少年玩伴
双肩承受不了带黑泥的莲藕

又被白血病压垮。幽灵纷纷地
从平原或你的记忆涌现

　　你的身体和平原沉淀它们
你和平原从未如此亲密过
你们就是一体。你不是幽灵
至少这一刻（你们不是虚幻）

　　北风吹来，绕了一截弯路
一排人家显露——现实的灯火
不可在回忆讨生活，还得创造
你的回忆，在空荡荡的江汉平原


　　　　2014-12-31，国营后湖农场

# 水面的粮食

我和菱角很近，后来越来越远
远到了北方，没有水面
风吹过菱叶翻转过来的绿色
叶面下隐藏的菱角。我回到
南方，走在通往菱角的途中
寻它的美食。带尖刺的三角
会刺伤你；它与世界有牴牾
壳里的米，却有新米的甜味
——紧贴水面上的植物
江汉平原湖泊的菱角，七月采菱
菱角一样，乡民忠实于季节
父亲的鸭划子浮现在水埠头
煮熟的菱角（绿色变淡黄）
被母亲从大铁锅里捞出
堂屋。父亲的大刀砍在案板
陶盘盛有的剥好的菱角米
乳白色颗粒，菱角分明
粒粒得之不易。感恩上苍
赐给我们湖水中的粮食
喂养我们；小镇集市的陶器
村路口铁匠铺打制的菜刀

使用过它们的亲人消失了
湖水还在，水面上的粮食
隐藏在身边的湖泊，姊妹们
乘着父亲油漆过的木船
七零八落，我们摘菱角去

2014-6-8，汉口

# 夏日时光

熟悉的夏日像一个穷亲戚
打开门，送来去年的扇子
水壶与阴凉；风翻阅着
屋前的桑树叶片的反面
的灰光。风在传送热浪
我们关闭门窗，把热气挡在
正午的屋外。水是我们亲爱的
老水牛泡在河中只露出头角
几个赤身男娃在节制闸跳入河水
妇女们从来没有像这样展露身体
每个男人的肩头搭一条拭汗毛巾
一只乌蛸蛇，爬着爬着

停在巷道：它的唾液没有了
偏西的太阳下一只吐出舌头的狗
穿过无人的旷野。蚯蚓爬行
蚂蚁集体迁移。暴雨就要到来
（缓解暑热同时预示气温攀升）
母亲在冒烟的厨房炒制焌米茶
空气变热，走在地面脚心发烫
没有人影的乡村校园长满荒草
他出门旅行，背着筒包回来

把夏日的时光变成了多重
一望无际的稻田吹送来海浪
像个穷亲戚，夏天带来了回忆
平原河边人家，门前摆满竹床
外婆的蒲扇悠然，一直没有停歇
猪獾攀折菜畦的甜高粱
母亲指认银河的北斗星
天上星斗密集，地面月影细碎
父亲给乡民讲述玉堂春。他们没有死
他们——浮现出来

2014-8-15，汉口怡菊院

# 在双层巴士上

女贞的树梢或旁枝与汽车铁皮
发生摩擦；洒水车变矮
你的视线和槐树的视线
在一个水平上。高架桥把你
抬举得更高了，它们改变了
你的视线，好像第一次经过
这熟悉的汉西。运煤的货车
缓缓开进汉口是以前被忽视的
心境和你的视域一同被改变
身体超脱出来，束缚减少了
你拥有了俯视的目光
等候在车站牌下的人收缩变小
他们的痛苦，单位和家庭的纠纷
盯视着可有可无的手机视频
被隔离的他们，与你发生
转瞬即逝的关系；看不见你
也无意于你的经过
你着迷于不同视觉的转换
耗尽你的时间；看见的同时
也造成新的遗失
以一只蚂蚁的视线

流浪狗的眼光，郁金香的眼晕
十字路口的红绿灯闪灭
街头人影和汽车发疯地扭动
被放大，又收缩成一个个符号
同广告牌的漫画，退远至模糊
当你从双层巴士上下来

2014-10-2，汉口杨汉湖

# 给汪民安的两首赠诗

## 北方相见遇雨

我的到来让你可能淋雨

夏日阵雨，落在燕山西侧的山岭

旷野和楼群；马路和电线杆上的广告

也可能淋到你身上，从出租车

或地铁出口到咖啡厅，雨会停留在

你的额头和 T 恤，不过淋淋雨

蛮好，冲淡肺部储存的会议室冷气

在你制造概念的头脑中加入雨的气晕

你可能会望一眼阴云攒动的天空

中年的面容露出儿时遇雨的天真

我们隔了多少场雨没有见面了

在电话中你问我，你现在在哪里

我流落到了南方，我们的故乡

此时，我把雨水运到你的头顶

这样也就算你回了一趟江南

雨线划在巴沟街道；玻璃窗外

错杂的雨点中，人影迷离晃动

我想着你到来的模样，拎着电脑包

不会带雨具：没有必要，北方少雨

在咖啡厅纸单上我写下这些句子

## 节日的感伤

如你所愿，列队穿过长安街的坦克
退出了视线。她站在西北湖边
你跳动心间。木兰山贡奉清碧
夏家寺湖水涌向我们；个人的节日
在离开后确立。对本地山水的评价
代表了我的意思，你说出我的喜爱
吉普车内的爵士乐随起伏山冈播散
直到汉口建设大道绿色护栏前暂停
——我们可以再慢一些，再慢一些
这剧变的时代让我们没有了母校
它们被摧毁重建，树木在挪移途中
活活死掉。赵家条，寻不见过去
与之对应的具体的房子和草坪
（一个个不及物的悬空的词）
作为残存的爱，如同女人的德行
她美妙过，正在老去，终究消隐
我们提防自己，一不小心变成了
政治动物。穿过长安街的坦克纵队
从视线消失，开进我们交谈的喉腔

2015-6-20，北京-武汉

# 听刘索拉与朋友们的音乐会有感

音乐会没有歌唱。文工团的声乐美学
在这里找不到影；从学院训练厅出来
在异域探奇，最后还是回来找到古琴

尝试伯牙摔琴——在琴台汉水，民乐队
找寻知音。音乐人不是没有形象的附庸
拥有自己的即兴。吉他与打击乐的斗技

不歌唱的人声演绎无词，音乐逼向它的音
逃离惯常的表意，就像诗琢磨文字与语调
回到语音的抽象与异美。木吉他越界到了

古琴的挑拨。蓝调是冷的。叫喊的人声
渗入琵琶滑音，钢琴局限的音准被破除
追求声音，人性中不可规约的动物腔调

作品不可重复不是范本，当然无法归类
只有身体的发动，表演着疯狂与神秘
没有身体的艺术，如何让听众感染动容

本地之外的音乐,是他们自己的极限演奏
乐池的能量有着杀伤力,破了观众的执着
从凸显音乐人的随性手势以及场景的布置

人声演示的面部表情,融合了他们的经历
他们的人生就在其怀抱乐器发出的声音里
不必过分依赖乐谱,听从这身体的乐与音

2014-4-20，武汉琴台音乐厅

# 词语编织的时空

要多少时空的等候和尘世因缘的聚合
那首赠诗找到了它要呈给的女主人
如同你写作它，突然到来的未曾预料
你们在人世游走中的意外相聚
词语和你们在一起，编织它的空间

这要多少机缘的促成，如同你的出现
从西雅图到汉口，冥冥中的一个声音
从高楼顶层转动的圆形餐桌的高脚酒杯
环坐的楚地菜肴的气息传递到你耳廓
它们在对你絮语——西北湖边的吟诵

嫣连到海甸岛大成公寓阳台的椰树
咸味同海风送来；你穿洋过海的漂行
停落下来，一杯王朝干红衬托的红颜
词语涌向你，它们找到了倾听的面影
而你就要离开，仿佛它们到来的突然

而它们挽留这奇妙的相逢，虚薄酒气
涵溶香格里拉茶吧的淡香，灯光晕染
晚礼服低开的脸口衬着你不露齿的笑

颈脖间微光闪现，细语的音色柔媚
你的绿卡你的跨国飞行，汉口遇见了

西雅图。瞬间就要离走从深陷的
沙发起身，柔绵的分别的手的接触
美从不沾滞，轻盈欲飞不及物的词
在它们的时空滑行，幽暗的光线
虚淡光阴呈现，如同你曾经的到来

        2014-2-14，赠卢炜

# 鱼子酱及其他

冰箱里的鱼子酱让我回到
符拉迪沃斯托克，异国的旅馆
把鱼子酱涂抹在黑面包，吞咽
金水湾的海鸥金属般的鸣啾
掀开残梦一角。它们成群地
停歇在房屋的露台。白色粪便
散在有鱼腥味的空气，尾随游轮
展示类似诗意的翅膀，海面上空
翻飞停歇，红嘴接受抛给的面包屑
我看见两只白鸥站在伟人的秃顶
把它的排泄物撒到他的塑像
向人挥动的著名的臂膀上
似乎是刻意的。"有了鱼子酱，
谁还需要鱼。"布罗茨基
坐在窗前的黑暗，观望过
这里的街道，和我们的到来
二流时代的臣民，不计分的游戏
而大地不闻时事，保持起伏形貌
宽敞与旷美，树木随意地长在
没有围墙的房子四周。人的谦逊
赋给了田地与河流，礼貌地生活

在三国比邻的远东，慵懒而闲适
战舰从海湾移置路边赚取旅游外汇
修饰过的原野，背后的政治文化
适度荒寂在那里；我们放弃国家
的概念，只在意它的美学意味
国际列车上频频张望，发出赞美
火车站像美术馆（墙面油画是真的）
时间和废弃的蒸汽火车头在此展示
它们的轮子似乎还在静止地转动
鱼子酱。回忆让一个词有了体温
和空间，异国的风物人事涌现
曼德里施塔姆（词语的崇拜者）
在劳改营写作家书，冰雪包围他
瘦得变形的身体。一支对峙的笔
尖锐的锋芒被磨钝。一个人死了
像一只海鸥，又能留下什么迹象
它却鸣叫出一个人的被动与执拗
黑面包内的鱼子酱有海水的苦涩

2013-9-2，汉口牛皮岭

# 返 还
## ——为外孙而作


第一次使用你的姓名第一次经历春天
春风吻你小脸蛋江滩垂柳发新叶第一次
听闻除夕鞭炮，而你懵懂无知长大后的
记忆抵达不了这混沌光阴。儿童医院
你的第一声啼哭你睁开你的眼睛
我看见了，你见不到的模糊的人影
你外公的外婆，在她的怀中长大
就像你在你的外婆双手环护中
把她催逼变老；你一天天生长
我们一天天衰老（人只能经历
那么几十个的春天）你长出新牙
而我安上义齿。我返老还你
返回我们无齿（耻）的童年
成为依赖轮椅的人（一个轮替
或循环）是啊，你一天一个模样
以你妈的形象再次长大，把我们
往回拉扯，在记忆的相册比照
你的容貌，携带了我们的基因
从书房出门，将你怀抱高举
手舞足蹈，把活力传染给我
延缓我的衰老。吃喝拉撒

吮吸手指，回到本能的快活
自然的道德。爬行独自玩弄手足
的寂寞，这一生要排解的孤寂
和苦厄。我们消逝你还在，进入
另一轮的循环，返回初始光阴
一个圆形，不可见的形影再现
就像我们看见，我们的外婆（爱神）

2015-12-30，汉口

**辑四** 行走的树（2013—2015）

# 燕子，燕子

亲爱的听我对你说一说燕子啊
　　　　　　——哈萨克民歌

一

燕子，燕子在飞。你能说出
燕子为何筑巢在你家屋檐

堂屋梁上，而不是别人家的
总是看见燕子，燕子在飞

四处安家，随处看见
它的身影。尖长的双翅

尾羽展开的叉状；腹部
那熟悉的乳白色

二

模拟湖水波浪的屋顶下
水泥瓦与钢筋支撑的地方

你看见燕巢。燕子飞入

穿过这里的空荡荡
产生了新鲜的风

燕子，亲爱的燕子
它们就像你的身影

三

你和母亲，观看燕子
飞来飞去，衔来草丝泥丸

燕子抖动尾翼，以尖喙
和口水将泥丸细密黏结

垒成皿状的巢。燕子吐唾
最后把它们的血丝吐出

你看见燕子的空巢
不会把它们随意破坏

四

呼朋唤友，燕子排列一队
在弹跳的电话线上

六个跳动的黑色音符

即兴演奏，它们夕光中的晚会

你开始给远方的友人写信
当你看见燕子，婉转呢喃

五

燕子的唧唧声，渗入
谈话的缝隙（人可不能
总想着失败的生活）
夜里，你为妻子擦去泪水

燕子在叫唤。它的赤足
被白色丝幔困缚，身子倒悬

另一只焦急不安地声援

你用一根细小木棍
将丝幔折断。燕子飞离

六

燕子，燕子向他飞来
又折回，它不认识那个

流落到北方胡同的男人

燕子飞离，好像不忍看见

他南北的迁徙和折腾

燕子在叫，好像在怨怪
他为什么离开，不守着

家屋，让它们也流离失所

七

燕子，燕子突然穿过你

今年的燕子，和去年的
和多年年的那只，相互辨认

今年的燕子总是过着
去年的生活，照旧生儿育女

燕子不会问自己
生活得有没有意义

八

燕子在飞，燕子匆匆赶回
弥留的房子。病危的母亲

他们的穷亲戚相聚在那里
女儿握着祖母临终的手


燕子，在阳台穿梭欢鸣
雏燕张着它们翕合的嘴唇


他回来。阳台的燕巢破了
燕子添上新泥于旧巢边缘


那是你们曾经拥有的家园
长途迁徙，也不忘回返

九

燕子投入我们的堂屋
是前世修来的福分


母亲的话变成了语录
家已散落，当母亲走了


燕子不伤感，燕子在飞
找它的位置，建设它的巢


在梦的世界，兑现它的承诺
把家安置在飞行的途中

燕子燕子，你是我的朋友
你是我的我是你的，燕子

十

燕子在飞，去麻城吊唁
去青海的旧巢度过夏季

你到医院探望同事，燕子
燕子把巢筑在病房的窗台

燕子飞到了微信圈
燕子在飞，燕子突然闯入

T 型舞台。她们在表演
燕子混淆了她们的面影

十一

燕子在飞，燕子的身影
带动你，离开，去远行

密集的燕群迎着大运河
贴近水面和船头，飞翔

它们盘旋，交叉，横穿
纷纷落到扬州的码头

那可不是以前看见的燕子
孤单的燕子加入群体的狂飙

十二

你看不出它的美当燕子栖息
一旦飞行，会超出百鸟之上

有人不喜欢燕子，燕子在飞
不得不爱自己，这是它的智慧

燕子在飞，在我们身旁
划出了你们之间的边界

在你的视线，房子的门楣
一个位置留给燕子

十三

燕子不认识变老的你

在它们的世界，燕子停歇
穿行，和你的生活无关

你不知道燕子会不会死去
燕子飞越了，我们的生死

你的幸福或伤痛，和它们无关
它们活在自己的时空或现实

2000-2014，潜江-北京-武汉

# 琅勃拉邦，2014

一

主干道和血管似的岔路向眉公河
倾斜。南坎河一样，在绿色山峦
转徙而来，从另一侧，巨石之间
将其清碧，化入眉公河的浑黄
游客和灰鸽踱步下行（棕榈掩映）
木制的细长渡船，横在泥色河水
像艄公的肌肤，隐现釉质光泽
南国阳光直照下，流经两岸
山冈和坡地，向蓝天浮荡而去
遗弃暴露在日光中的砖石路面
楠木林间的白色圆顶别墅
拱形木窗。花园蓝色的栅栏前
利路汽车停在入口。带呢帽的女生
向你走来。哦，这里的风物模仿了
杜拉斯的小说的情景，还是《情人》
借用琅勃拉邦的原型。眉公河人家
引入欧式黑啤技术，和树间白房子
的观景阳台慵懒的审美媾合在一起

# 二

它的小，因了时间的镌刻获得多重
隐微空间。席地在磨损的砖头台阶
望过去，皇宫门前灰旧的柏油路面
有修补的痕迹。不是毁掉重建而是
维护它的旧，光阴保持在棕榈年轮
和香通寺柱廊裸露的褐色的纹理
竹制垃圾筒挂在木棍下，拒绝塑料
时间在此停滞了，仿佛倒流到中国
的七十年代，吃什么有什么的味道
炭火烤制的面包，品尝出麦子原味
街市游客的脚步，不得不放慢半拍
生活就在这里——就是在此刻
国际旅舍抽烟喝茶，树阴下聊天
出门转悠，通过南坎河面的竹桥
清波细流中溜达到对岸的织布村
在维苏寺的走廊脱鞋，赤足入内
对着寺顶彩绘低矮弧型长檐发呆
面对妇女手擀米面，用手势表意
也不计算人民币和吉普的比值
（一份面食配四小碟佐料，代表
山地高原和森林产出的问候）
没有红绿灯交警的路口彩灯闪灭
从现代加速度的压力中摆脱出来

你和琅勃拉邦静寂空气相洽吻合

## 三

石砌的被人磨成镜片的台阶，人们
来往上下。普西山的坡路转折陡峭
天竺。南国榕粗壮在那里几百余年
山顶停满不同肤色的各国的人民
树阴林道悬崖旁，交错在那里
仿佛出席露天会议，听从一个指令
黑压压聚在轻微发热傍晚的光线里
像鸟儿栖在这一刻，把啁啾细语压低
引颈望西方：黄色眉公河在绿色山间
弯曲流徙。琅勃拉邦的落日从山峦
射出金色的光线，打在河水和树梢
一直延伸到观望的人们的额头
无声的暗示（这最后的一抹余光
你们将消逝，无声无息的）

## 四

蒙蒙晨光。昏黄路灯和店铺的弱光
照现马路边香客赤足跪立，一排排
猩红供佛的花盘，盛有糯米的竹筒
簇拥着男女，等候赤足托盘的僧人
的到来。他们出现了他们列队而来

金色袈裟。赤足托钵裸露右间
双手合十，接受冒热气的米饭
将钵内多出的食品还赠跪伏男女
他们施给的同时，也得到赠予
（无声交接往还，不遗声响）
这名为塔芭的宗教习礼
发生在黑夜黎明交替的时光
古老如新的梦境，在此呈现
日常街道，天色渐亮的时辰
一抹僧侣布施的耀眼的金色

五

你找不到旅舍的方位。十字路口
集市花铺和午后汇向街市的人们
错乱你的记忆，此时法国街似乎
使用了魔术，变幻着它的时空
从光西瀑布回城，在那里转圈
迷失在你使用吉普纸钞的异国
失去方向地扑腾，一只风筝
飞到东南亚上空，看不见的线
牵扯它，在异国的天空，掉头
回返他的家乡，长江汉水之间的
江汉平原的上空。中国的沧浪江
流到东南亚的老挝易名眉公河

找到眉公河就弄清琅勃拉邦的方位
缓慢的归乡，往往伴随亲爱的河流
顺着无国界的河水，回到我的家乡

2014-12-20，汉口

# 平原歌

一

汽车的远光灯长长地让夜色中的
柏油路面显示出来；往事闲语间涌现
哦，被夜色笼罩的江汉平原的田野
回头看见，是没有被灯光污染的田野
沉默的田野，在我们身边环绕着我们

二

回家的途中，在被河水和水杉护持的
熟悉的南北路，她用她带酒意的手摩娑
我的颈项。你离开还能回来；光阴流逝
却还能重返。一个人老了，他还能爱
平原夜色里，她的碎花裙夜色一样飘荡

三

我的女儿来到我的房子，把她的婴儿
从腹中转移到了她睡过的床铺和沙发
我的心里装有一个人，从平原某个地方
进入身体里——楚地夜空中十六的秋月

有个美人，从体内上升到家乡的满月

四

从水杉树锥形树顶，看见波浪状的云絮
蓝天在白云的沟壑显露；满月突破灰云
地面矩形的月光从蓝色屋顶切割下来
院内的草色我的汽车和电线杆清晰可见
平原秋收后的田野，平躺在银色月光里

五

桂树下的林阴道。汽车穿过宽敞的马路
路边街坊，商贩用方言吆喝在广场一角
骑坐电动车穿行人影和空气，她送来早餐
那是她跳舞的公园，这是她购物的商店
她挽着我的手臂穿过散布垃圾的子夜集市

六

被田野包围的集镇，平和谦逊的房子
从不同方向我们回到她日常生活的地方
稻田抹上油画般的褐黄色调。成熟的黄豆
匍伏在田地；杨树夹着沙石路缓行的汽车
她让了让身体退出镜头让我拍摄此刻的田野

## 七

小镇东边的西餐厅。红火人民公社怀旧食堂
邮政分所旁的早点铺,供应本地的腰花细面
在有爵士乐播放的餐厅她用汤匙喂他土豆泥
刀叉和果盘。有时候,他们手握手附耳细语
用舌尖传达身体的气息或加深的缠绕的爱意

## 八

我把我对她的爱转移到她行走的街道,小镇
上空的天色,她乘坐穿过国道的中巴经过了
东荆河桥。她的闺蜜甚至同事,还有埋葬在
出生地的亲人。我爱她试着爱平原的风俗
塑造了她的无名和美善——唤醒了我的归来

## 九

你重新使用这里邮政编码,河流和桥梁
邮路传达情意,铁路承载身体的还乡
你们在哭诉(不要离开我,你身体中的
那个人要回去,以你为圆心,重返平原)
生者和亡灵,离不开这里的空气和土地

## 十

她是你隐形的同居者——睁开或闭眼

同一个人影。你得以思念克服思念
用写作克服空虚。她晃动在你的视线
站在眼睑从未走离，一个隐形的同居者
你得以思念缓解思念，用爱恋延迟死亡

十一

生日她送你一个 TUP 杯子，一辈子
一辈子时光太短，而人迹匆匆无踪
你们出现如同消隐，空荡荡的天空下
爱情又来了。一位老妇在街心公园
孤单晨练，给她一个微笑活下去活下去

十二

穿行在老家的原野，水杉在道旁列队迎送
老樟树年长你四十岁——从未离开过这里
车内两个人聊些什么，欣悦穿过他们的身体
和降临的夜色，汽车音乐配合他们的好心情
抵达农场的灯火，庄氏家族在那儿准备晚餐

十三

醉美风景在江汉平原：晨光荡起绯红雾气
于稻田上飘散，一抹抹升腾。挽留的夕光
从乡民楼顶平射过来，把犁过的田野涂染
你指给她看，视线投向那转瞬即逝的光影
这是在外奔走迁徙，朝思暮想的家乡田园

## 十四

你在抵达她身体的附近。道旁河水和枫树
陪伴你延伸向她，旅店街道茶吧和植物园
你热爱和她寄住过的小旅馆，共处的时光
我们不是任何人的私有财产你也不是我的
我们可拥有——使用自己身体的权利

## 十五

凤凰小旅店。平原旅馆内的简易午餐
音乐是微信上的；往事是多年累积的
苏维翁干红来自澳洲；诗朗读天赋的声音
天堂的生活不过如此。她的圆脸在酒中变红
红茶备好风鼓起窗帘门窗突然打开涌入新鲜

## 十六

爱让她变了一个人，身上发生让人吃惊的
变化。心里装有一个人其他的人闯不进来
心跳声没这样响过；从未吃过一个人的醋
欢笑与啼哭，不由自主。她发现走在过去
水杉树下熟悉街道上的，是一个陌生的人

## 十七

人已退场。经过集贸市场打烊的密集的店铺

搀扶着夜行。酒改变她的步履。子夜的私语
刻在空气。打量牛氏百货店和她颈脖的微光
他们在一起，让平原的光阴变长或短而错乱
市声隐去，缠绕轻淡酒气踩在平原的睡眠上

### 十八

你的左手抚摸着他使用在变速杆上的右手
是你让他把车速放慢，在你们的平原转悠
把静好时光消磨。你掌控了他内心的天气
看见晴朗的田野，连结平原的一个个小镇
我们的栖居地。时间停顿乡民消失又重返

### 十九

多年前，他逃离着离开——现在，他回来
离开后回来，驾驶车辆游荡在通往返湾湖
棋盘似公路上。平原宽阔足以让你们隐身
对居住地没有了挑栋；他还能爱故乡和你
你们还在这里——河流飞鸟，亲人和田野

### 二十

中治渠流向田关河——水草缠绕在田关河的水浪
她说她把身体放在河水蛙泳，敞篷车停在树阴的
堤岸。你少年的身体游到高场游到兴隆河相通的
红旗码头。汉江宽阔支流东荆河横过潜江的县城

汇入长江。我们的河流，这身体的血管布满平原

## 二十一

温暖草垛旁，我们将稻草用孤形的木棍绞成
草把子。稻草拧成草丝结成把子，每拧一次
它们就紧一次。他们每闹一次感情就深一寸
彼此缠绕。平原的暮晚，两个人做着古老游戏
草绳绞得长长的，然后在神的手中，收拢成形

## 二十二

你委托一个人照顾她。在矩形的院子
你疼爱她，让一个人代替你来保护她
这重逢的时光不早也不晚，恰好的光阴
变老前见到彼此；剩余的日子不多也不少
（没有人能托付心事，你得自己委托自己）

## 二十三

平原一角，你植树，开垦庭院，建筑在世
最后居所。荷花在门前水塘。清水墙的
室内泥土铺就的堂屋。往事加入它的幽微
从炊烟飘散的厢房她走出门，晚餐已备好
蓝花围裙。手遮额前把平原的天空望了望

## 二十四

平原开阔无边。你爱她亮敞包容的器量
不生分别心，不臧否人物不生非分之想
守着自己的本分——栀子花开了就开了
想爱就爱不顾其他。走在收割后的田野
你喜爱她——她有着平原般宽宏的胸襟

## 二十五

汉江渡船缓缓驶来。你们停在此岸观望
一棵树在对岸。银色沙滩，新耕坡地旁
红房子被柳树掩映。不再离乡不入寺庙
在此岸，穿过时空的汉水旁你们停下来
把到来的冬日虚度，未知彼岸不去想象

## 二十六

无声的黑夜孤寂的床铺。梦境被分割成片
手机不可依凭停在床头。没有了她的消息
孤零零的游魂——彻夜不眠，守着油灯盏
神啊，让他能爱，平原夜色中静卧的田野
用你的手摩挲他，让他能完成平原的歌谣

*2010-9-5，初稿国营后湖农场*
*2013-12-20，改就于汉口牛皮岭*

# 东北亚行旅

一

行驶的吉普车四个轮子和我们的目光
部分接触过那里的田地道路，山岭河床
从绥芬河到珲春，从珲春到绥芬河
往来见到的风景因你的位移而变异
总是把头探出窗外，用双眼和身心
浏览山水形貌，地形变化或走势
照相机协助我们的眼睛，记录个人
的影像日记，也妨碍对沿途风光的
体验，我们叹息地接受我们的视差
你看到的只是你能看见的。如果重走
回忆之途，会发现未知的被遗漏的
物象——我们的盲点处在身体里
和被观察的客体，我们看见的现实
从来不完整。通过这未完成的观看
用自驾的方式，经历东北三省
边境小镇比邻三国的分界线，在防川
张望日本海朝鲜国和俄罗斯的远东

我们的行走将零碎的风景，地名
桥梁和景观，用不自觉的回忆串联
再次置身那里——符号性的现实
转移到体内，扑闪活跃在那里
它们幻现（比现场生动逼真）

二

山体平坦着推移，从近景河滩
斜伸到山顶与蓝天交接处，坡地
布满绿色植物，高粱地或稻田
在靠近山顶的中间，三两棵
叫不上名字的树停驻在那里
峰尖被植被包围着化入空中
白云游荡的领地。窗外移动
相似的山地，保持了一个时辰
突然凹陷出平地，焊接另一片
平和山峦。人工挖掘锈红山体
脚手架张扬在那里，烟尘四起
一路悲欣交织。大地的修复能力
带来抚慰，类似民间传统日常生活
经历战事烟火，红色话语的强暴
同这野地自然一并恢复天然生机

# 三

红色标语和广场的坦克退出视线
让无名山川进入。看不尽的山河
沿途陪伴，一户户人家。可能最后
路过县城的集市。历经的铁路桥
白桦林，瞬间固定记忆。地名和方言
保持和过往的联系。普遍的同质抹不去
唯一的存在。着迷于迥异唯一的景观
往往避走省城，或从省城擦身而过
绝美的风景在僻地和乡野，那可是
北国的原乡。图们江边的枣树
接受着本地的光照，颜色和味道
独特于自己，像指路老乡的元尾音
河对岸异国的山体裸露，张望想象
我们的境遇能好到哪里：近亲的感染
空气涵混两岸人民。你我确实获得
某种行走的自由感，像缓行的汽车
承载着我们有限度的行走。这都是
自己所挣得的，放弃集体的出行
我们仨，像使用纸钞运用个人权利
一路上，庆幸浮生有如此即兴的出走
开创着行旅的道路，虽然被规定
却有局部的自主，这样很不错了
不知不觉，就到了小兴安岭风景区

少许停驻，不愿卷入收费的关卡
沿途偷窥风景，足以安慰眼与心
（我们发明风景，而非他人所塞给）

四

抚松的黄昏迎向我们。群山中的县城
街道空在那里。绿树环护它的寂寞
吉普车在树荫下，牌照没有引来警察
或小偷的目光，从姑嫂快餐店妇女的
友好的目光出门多好，方言饶有韵味
可用于观无人的街景。隐居于小城
默默无闻活着，游手好闲挺不错的
你们还是穿过了这里，短暂的停歇
在二道白河的小地方，寄宿过夜
使用过度消费的零钱，光临露天夜市
烧烤。歌舞卖唱，旁观这里庸常
无异的生存。摆脱运行的煤车
一段高速路后，过名不经传的集镇
感叹着离开，不停地侵入另一个
省辖区，想象不同的人事风物迎候

五

省与省交界处有不错的连接风景的
小镇与村庄。从林海绕了很久到达

辽宁桓仁。生活在边界的人民有福分
拥有两个省府，混淆的方言俚语
如同边境的居民，弱化国家的概念
眼里没有界碑，国界线的铁丝网
大地啊，你是我们的。此地的鸡鸣
游荡突破限围，轮子不歇转动
把所有风物当成自家，风景剽窃者
将风光吸入体内，仿佛迁徙放蜂人
移置他们的蜂箱，我们采醇美之蜜
化入我们内心；一切只用来路过
不陷于不堪混乱，从车祸的堵塞
本能逃逸，反向离开，借用高速路
路过辽河，沼地的野鸭子飞了起来

六

亲爱的吉普车远光灯照现山海关
闯关东。外省人离乡涉海来于此
开垦荒田，安置家业把异乡当故乡
繁衍下一代。哦，我们的迁徙
从未停止，大地烟尘随时抹去
人世行踪。穿过辽西密匝乡镇
出了关东，路边吃到面条的甜味
糯玉米吸含本地风水。吉林德惠
平展的高粱地旁，一块甜瓜地
乡民肤色酱红，杂交的口音

目光有阳光的磊落。我们的汽车
沐浴在清洁的空气，离开时看见
后视镜中的田野，平和的旷野
一对农家夫妇，守望在马路边
贩卖田地出产。他们种植的瓜果
在后备箱散溢香气一路熏染我们
土地的芳香啊，带着北国的芳香
在东北亚游荡，离首都越来越远
反向的目光。多年后的后视镜里
手沾泥土的老乡，目送吉普车远去
背后的高粱集体地抽出低垂的花穗

2015-9-8，汉口，赠阿西、孙文波

# 河流简史

岱黄高架桥车流下面
被堤坡挟持的府河[1]
弯曲着匍匐向前
草丛间蜿蜒向南的王家河
与之平行，途中碰上了
滠水河——穿过铁路桥
到达著名的谌家矶
（汇入长江完成它们的同流）
在通往闻一多故乡——浠水
的高速路上见识了举水河
宽阔河床上牛马饮水吃草
阎家河和它交叉，从黄檗山
沟壑间逃逸，朝向麻城县
福田河的周围岗地起伏
延展开去直抵远山。黄柏河
包容在三峡陡峭的山体
一场大雨后，河水赤红
故乡的流塘河，影映蓝天
飘移的云朵。三五个儿童
赤裸的身子从节制闸扑入
百里长渠[2]。长顺河一夜变白

在老家东边，结冰的河面
旋转着你的木制陀螺
在母亲子宫中蜷缩着身子
——那是你最初的河流
你的前生是中治河中的鳖
一出生就从父亲的梦中流走了

黄昏飞行的天空，从机舱俯视
夹在黄河长江之间的淮河
像血管，分布在山塬和岗地
——江汉平原的河流
我要用亲爱的词描述你们
三月锦绣的原野，河流纵横
石拱桥头，碧水之上
早熟的柳树或白杨在张望
澴河[3]两旁是平坦的河滩
它绕山环流，从大别山奔向
一马平川，游荡在云梦泽国
一个少年踩着万福河水
头顶画册涉到对岸的浩子口
一根高出他身体的竹篙
双手间滑动，在排灌河
褐色船舱中碧绿的秧把子
或垒成方形的金黄稻穗
撑行到田野或人民公社的禾场

·251·

熊口河流经万寿永新两个村庄
两岸结满荆楚人家，逐水而居
河流也是道路，穿过月色中
的水埠头，你借着水雾吹笛
正午，母亲用淘米的筲箕撮鱼
孤单的公牛低头吃草一根牛绳
把你迷留在藕池河旁

沅水在楚地弯曲。清亮的水草
飘摇腾挪；香溪河中散布石头
妇女在上面搓揉衣裳不用肥皂
下午阳光中的田关河泛着碎光
十六岁的身体涉游到了对岸
跟人一样，东荆河[4]有情绪起伏
季节性地，突然改变了河床
流转着开创陌生的道途
一生在河流漂行的父亲
往来的乌舶船满载交易的牛犊
溯澧水而上，驶往贵州的鸭池河
我也一样，与命中注定的潮北河[5]
交流，漂泊的身影投映其中
黄河流过滨州，东营入海口
你莫名激动——它瞬间穿行
兰州城区，又从京广铁路
的车轮下横穿过记忆

——拒马河将两岸的山峦

化入其身，它不排拒

支流的污染——三十九岁

你停歇在永定河的岩石上

以它的流动，自净其身

从不改变流程和方向

千里还乡，你看见了湍河

从伏牛山沿途跳转，朝南

一直到达湖北省的唐白河


四十八岁滞留在荆江南的沮漳河

褐色木船反复于河岸的芭茅

河流细长，似荆州的一根腊肠

老家门前的返湾河变成死水

鱼虾敛迹。五月蛙鸣听闻不到

湘西的吊脚楼插入猛洞河

密集的游客把河水挤黑

——燕赵之地的易水河床

奔跑的拖拉机扬起烟尘迷蒙

大清河有名无水山羊觅食到西岸

你能看见苦水河的涓涓细流吗

疏勒河顽强地在砾石间勾画路线

青海的阳光蒸发掉稀薄的水分

绿水河白冰床——藏民斯坦金

背着行囊带领儿女，履冰挺进

在喜马拉雅山无名峡谷的冰河上
赐福河啊倒映喀斯特锥形山体
巴马的诗人为她的母亲河发愁
汹涌而至的养生者贪图长寿
改变河边的空气和风俗
平铺直流的江浙平原的大运河
张挂帆布的油轮船运输沙石和草粮
从浮荡白色工业垃圾的水面突进
就是在沭河，南北相连的古运河
百年前，停止向北方蒲河的沟通

沿着江西的抚河，绕行赣江
当然遇到贡水，惊叹它的清澈
月光把章水染成了一条银线
两只白鹭从晨光中的碧水穿过
我们的采风团留影在修水河
多月后，独自探访陶潜故乡
的柴桑河——同它有过争执
你想停歇，而它要前行
日夜流转，一刻不停留
——从俄罗斯乌苏里斯克
穿过国界线的绥芬河
经过了延边晖春的石拱桥
从铁丝网的缝隙，你张望
额尔古拉河在内蒙古边界

的草地呈现巨大的 S 型
而晦暗的水泥房挟持图们江
天然地隔开了两个国家
又无国无家地流往日本海
额尔齐斯河往西流。白桦树
和雪山影映碧水白浪间
奔流出国，流入了北冰洋
中国的澜沧江流到琅勃拉邦[6]
易名湄公河，河水变得浑黄
是它把迷路的你领回异国旅馆
——红河则从越南跨境而来
从生长芭蕉叶的菜畦，窥见
它穿过了傈僳族村长的家门口
塔里木河携带孔雀河叶尔羌河
乌拉尔河消失在塔克拉玛干沙漠
柴达木河在青海跋涉带着盐壳
注入盆地，无论如何到达不了

武汉龙王庙——湍急的长江
汉水平缓，相似于渭河的浑黄
衬着高原的绿意，而泾河水清
塬峁间跳转，通过甘西边陲
化入秦腔呼天喊地后的呻吟
辽河在沈吉铁路的列车窗口
仅仅张望了它一眼。万泉河

在海水包围的岛屿中，自得其乐
棕榈在旁和友人散步在砂石路面
遗憾啊，不能在沧浪河乘帆船远行
清江河束缚在鄂西的高山与峡谷
撞击大巴山阴森的溶洞峭壁
汇聚众流，完成它们的出峡记

接近源头的上游，多瑙河一样
在山岩间曲折流淌，河水幽深
时而停滞，出现漩涡状的逆流
而平和的西西比河沿岸笼罩垂柳
由南到北，穿过多种不同的气候
伊丽莎白·毕肖普乘桨轮蒸汽船旅行
逆行的船头激荡起一圈圈波浪
站在高高堤坝，曼德里施塔姆
目送伏尔加河流入深蓝色的森林
一条苏联木筏漂到阿穆尔河右岸
的黑龙江省——1964年河水猛涨
布罗茨基不意间在中国待了一会儿
曼哈顿。桑塔格公寓的弧型阳台
你用女主人的视角——俯视
阳光中水光闪烁的哈德逊河
惠特曼乘坐小帆船快速经过
两岸变换的村镇，捕获他的目光
西蒙娜·薇依注视着罗纳河

坐在一根树桩上，她不理解

只是注视——里尔克模拟它

流水的节奏，写作神授的

杜伊诺哀歌。你细细辨识

辛波斯卡的诗行之间隐现

维斯瓦河的灵光与波折

桤木给梅里马克河岸装饰以流苏

那野性的天然，那迎面的苍茫

你和友人在不安的水面，随波逐流

2013-12-27，武汉

【注释】

[1] 府河，亦称溳水。发源于湖北大洪山麓，经孝
感穿黄陂，汇溾水，在汉口谌家矶注入长江。

[2] 百里长渠，系江汉平原腹心地带后湖农场的分
界河，东荆河支流，汇入当地返湾湖。

[3] 澴河，流经湖北云梦县等地，系江汉平原最东
边的河流；为平原与山区的分界河。

[4] 东荆河，系汉江支流，流经湖北潜江，过洪湖，
入长江。

[5] 潮白河，系北京地区的一条河流，属海河水系。

[6] 琅勃拉邦，系老挝原首都，曾为法国殖民地。

# 行走的树

一

街心花园。纷纷下落的槐树
叶子交叉横飞。几片柳叶
迎面扑来。地面散满
焦黄梧桐叶，贴着甬道
如鼠奔跑，又突然停歇
隆起的坡地，红枫叶改变
那里的枯草色。你看见行走的
树木，它们编织的交错时空
你要走遍天下，就是想看见
更多的树木，成为一株
流浪的橄榄树。那被桑树
掩映的一笼绿烟中的黑瓦
白墙的民宅——就是村庄
你把暴露的屁股，对准老屋
一根细小的李树，擦拭肛门

是你和树最初的接触。梓树
在泥塑房子的北面。冬夜的
大风折断枝丫，它们守护了

童年的家屋——樟树桩上
你学习造句，爬到祖母房屋
门前的桑树上，偷吃桑葚
她在树下叫唤（我的小祖宗
快下来）小祖宗嘴唇涂染紫红
五月泥地晕染一团团葡萄色
每到七月，仰望屋前祖传的桃树
扯着衣襟，接纳父亲打落的桃子
树总是同河流在一起。榆树
倒影水中，布满黑压压的雪鸦

呱呱齐鸣，橘树就要披上雪衣裳
在小学成片的香橼树旁，踢毽子
田埂转弯处的枸树，叶子毛茸茸
摘回家做猪菜。猪圈旁有棵柞树
每到四月，前湖中学东边两棵高大
泡桐，空气中弥漫泡桐的甜味
风一吹，花蒂满院啪啪地响
十六岁吃到苹果但没见过苹果树
没有看到柚树被果实压弯枝条
千树万树梨花开，不是从唐诗
而是从校园外一片梨园所见识
你知道，楝树的籽实是苦的
五保户王麻子就吊死在楝树上
江汉平原，到处是直直的水杉

后湖农场办公楼前，你目睹
它们的集体——刚劲质直
急躁外露，那可是楚人的风格

二

在北方，你察看粗树干皱裂
坑洼不平，长有木瘤的杨树
儿时家乡河边常见这样的病树
楚地杨柳不分，用了时间分辨
在陇东柳湖，看见亲切的柳树
叶子卷曲细长和荆楚有细微差异
在北方的宅院，你栽了两棵柳树
（陶潜种了五棵，自号五柳先生）
朋友看见院子两棵柿树买下两层楼
柿子勾引了他，树冠罩着他的家园
鲁迅西二环故居的两棵著名的枣树
不是先生看见的，《野草》中的两棵

终于在北方的院落见到石榴树
石榴树红色果实爆破出籽实
确有埃利蒂斯诗中描述的疯狂
而娴静的风景是王琰和妻子坐在
两棵美国枫树下藤椅上的悠闲
他从劳作了半天的画室出门
黑瓦平房院内停贮炳稀的气息

老画家赵彤海送我一截绛香木
点燃它，青烟是直的且有异香
从东四封闭甚严的办公楼离开
白果树纯黄的扇形叶片，铺满

十二条胡同。你仰望银杏树杈间
北京的秋天。在京东农民的院子
见识合欢树：伞房状的雄蕊花
丝如缕状，半白半红；夜里闭合
天亮伸展开去。你眼中的白杨树
可不是茅盾先生赋予或强加到
此树的象征——白杨就是白杨
每到初夏，从编辑部出门，碰到
国槐，淡青色花蕊铺在地铁口
细密密的。有时它落在你发间
和出租车顶篷，转变灰暗心境
北方菜蔬匮乏，采椿叶为食
叶厚芽嫩，接受它独特的味道
每到冬日，对着皇木村核桃树发呆
它落下最后一片叶子，堆积在树下
你认识一个亘古的词（叶落归根）

三

回到荆楚，遇到多年前的桂树
它的浓香把你按倒在一个瞬间

把时空搞乱，热爱的香气渗入
你的身体，和五官发生了感应
那是属于你和她的桂花。在江城
悬铃木常常见到，是此城的市树
汉口球场路它们枝条弯曲交叉构成
绿色穹窿，且行且看银灰斑驳树身
身心轻安愉悦，在天然绿色隧道
初冬风雨，棕红色手掌般的叶片
贴满地面，你迷恋落叶的物哀之美
汉口江滩。认识鹅掌楸（古老树种）
渴望看到各种事物，比如多类的槭树
前往云梦途中远观栾树梢头的红灯笼
从平展的田野望过去让人停车坐爱
友人说他被黄枫枝茎的本色所引发
他和她做爱在无杂树的黄枫林中

闽南的梅树推迟花期，变了时空
每个人心中都有他驿动的梅树
泉州开元寺石塔前的百年龙眼
果实高悬。人不可及只可仰视
行旅中你细辨刺桐和红棉的区别
到处雷同的房子和街道的现时代
树和方言区别开千篇一律的城市
广州道旁的红棉树是武汉没有的
花红如血，似一团团枝头燃烧的

跳跃火苗。你认可汉阳月湖
和龟山间高山流水的古琴台上
檀树的年轮，却不信解说员
讲述的掌故。你喜欢中山市
棕榈高高地排列在街道两侧
细长的柱形树干，让你明白
你到了南国。海甸岛的榕树

独木成林，庞大的家族从根系
方能分辨。和阿西到涯州海湾
去游泳，路过高高的槟榔树
从树杈间搜寻腋生卵形的果实
在广西东部丘陵，遇见桉树
细长的树梢，斜斜伸向云天
树干的灰绿色，每一棵与
另一棵相邻，如静止的舞蹈
你和白桦心有默契，银色下半身
阴暗的丛林，保持天赋的美
在海生崴邂逅它们，相看不厌
如同茨维塔耶娃天然的诗章
和她在诗中，你们看见花楸树
就放下了在世的愤怒和冷漠
寒苦的花楸树啊，我们的命数

# 四

你爱过的女子，和树木有关
姓氏都有草木的偏旁部首
昆明文化巷内的芭蕉树旁
和她闲坐，长尾巴的松鼠经过
爬入暗绿松树；你们继续往西
坐骑纳西族小伙子牵引的牦牛
原生山林走茶道，从云杉梢头
观玉龙雪山。独自在防城港海边
石楠。椰子树。桫椤东倒西歪
海风吹刮，它们首当其冲
勐海百年茶树。滇北云雾缠绕
的坝子，从彝良张县长口中知晓
琪桐也叫鸽子树。基诺人山寨
沉香木树干有油画的斑斑点点
爱尼人门前，野樱花开满南糯山冈

海南黎族村落，发现波罗蜜树
本地居民被迫迁徙，遗弃在菜畦
围绕灰褐色树转身，热带的阳光
从繁茂枝叶倾洒；开裂的树身
乳液流出——波罗蜜，菩萨行者
必修的善德，成就圣者的资粮
寻访无念禅师的道场于法眼寺

黄檗山中仅剩破损的菩提树
波状圆形树冠，伤口分泌脂液
和香客们树阴下用着清凉午餐
武汉在几百里之外被炎热炙烤
你把身体移置鄂西的齐药山中
和橡树在一起，紧紧抓住山石
沉默的雄辩；天真无邪又狂野
一株无名山毛榉，你不可用乌桕
来要求山毛榉，也不可因香樟的
花蕊去非议——青桐的阔叶

你就是想成为无用的栎树
而不愿做一株有用的
被砍伐的中道夭折的漆树
不居山林者，不可论树木
在所有树木中，唯有栗树
敲打过你——拾栗子的执着
银杏每年见到，以自身金黄
支撑荒凉冬季；从未发现的美
我们被包围，在安陆无名山村
一树金黄啊，这不妨碍你
向一株歪脖子桦树俯身
那棵黄连木非常独立又寂寞
它扎向黑暗深处的树根
和奋力伸向天空的树梢

在两个不冲突的向度，用力

五

内华达山脉。你热爱树干粗大
根深蒂固的老熊果树
它是森林家族的祖父母
从日本歌曲听到棠棣，天柱山中
观望它一树短促到虚无的白花
石楠没有偏见地生长在大别山地
多么无知叫不出身边树木的名字
你欣赏樱花而忽视它的树姿
敦煌吃到李广杏却忘记杏树长相
殡仪馆的夜色中柏树是沉重的
广玉兰蜡质叶片和白花好像假的
你和卵形树冠的冬青有隔膜
因为你们的生命没有发生关联
杜梨树下早年的约定她还记得吗
一个陌生人，从无树的旷野走过


你爱看杜尚坐在枞树中的照片
童年你把身子藏在老家皂角树
的裂缝，和玩伴们捉着迷藏
杨勇住所的院子全是水泥铺就
没有树木连垂杨都没有（真奇怪）
从诗友鲁溪的诗集，你开始留意

五月的叶子。所有山茱萸的叶脉
阳光下溢出水分的绿啊沁透心脾
你时常和木槿无言相对，从朝开
夕落的花事，窥破瞬息即逝的荣华
而当见到接骨木，接骨木覆盖庭院
红果如血欲滴，让人有犯罪的激情

亨利·大卫·梭罗像他热爱的槲栎
倒下了。在他的森林和钟爱的桤树
同生共死。故乡的梓树变成棺椁
化入泥土，成为万物的腐殖物
在雨后苹果树下呼吸就能活下去
行走的树木的身影，渐行渐远
一日，你看见亚马孙热带雨林中
赤身原住民爬到柏树巅采取蜂蜜
他们在胶树林（不知身外是何世）
飞机侦察他们的领地（惊愕的表情）
你的理想就是退隐到乔木林中
成为他们中的一员，栖居到
不规则树皮脱落露出乳白色木质
唯一的花旗松的体内（这不可能）

2014年冬至日，汉口牛皮岭

# 访谈:《分界线》及其他

采访人：木朵

受访人：柳宗宣

① 木朵:《分界线》以一种后见之明的方式回顾了六年前（1999 年 2 月 9 日 8 点）的一次由南至北之行。这首诗以两种天气的变化（雨水、阳光）为喻，概述了早年一次抉择所富含的象征意味，简言之，去北方被称为寻找光明之旅。但这首诗并不是即景诗，也不是抵达目的地后当晚写就的纪游诗，而是时隔多年之后的一次回眸，就好像那个发明了两个自我形象的关键日子仍是决定性的。从此，诗屡屡带来关于"北方"的通讯。可以说，一旦要归纳那些年写作的特征，就绕不开这条界线：整个人牢牢地钳制于那个太过深刻的作为旅客或奋争者的自我形象之中。到什么时候这种关于界线的记忆在诗中不再显得重要？

柳宗宣：我们的交谈一下子找到了切入点。你谈及的确切，此诗不是什么即景诗或纪游文字，它是时隔多年后从潜意识里冒出来的，"后感知"到的。这个分界线似乎不能用所谓的象征和隐喻来描述，应该说是直观到这个分界线，有丰富意味的场景。时隔多年，重新回到那个刺激你的分界线，对那个场景和那个时刻进行双重的直观，显示出了有意味的形式。听从那个场景原本所给予的加以描述：阴晴，潮湿与干燥，南方与北方。这瞬间相遇的分界线有多重的意味与神妙。你一时说不清，在遭遇的瞬间被它们打动。人往往面对的不可把握的；陌生的处境、突至的事件打破惯性，也搁置了记忆；当下那一刻向着一个空白敞开，这空白或虚空可以生发意义、新的可能性；而且对它的直观并不是一次性的，是反复到来被体会领悟的。我的写作受现象学观念的影响是有的：注重诗生发的最初的情感震动，这样身体自然出场。在具体写法上，放弃了所谓象征主义诗歌给语言带来的负重，所谓的象征主义诗在表现自我时太过用力，破坏了人与事物邂逅的互动的客观。我写作时讲究主客观的双重呈现，力求写出能够被"看见"的诗歌。

从诗文本的阅读能体验到有质感的意象、场景与事件，同时能触摸到身体的感动与情感的波动和感应。如诗作《复调》中体验着的直观着的主体活动在诗行间隐显，这里也有元叙述的成分，使诗得以生成、推动与变化，构成多种声调齐声共鸣的效果。身体性在诗歌写作过程中或作品显现上见出其原动力，也就是说诗的写作不仅仅是智性的纯思辨的产物。这样强调的新感性写作也是考察诗作是否具有真实性的试探器；那不关己身的不涉及人对自身命运的领悟与体验，写作没有身体参与所呈现出惊奇感的诗作，在我看来几乎是不可信的，也是失败之作。也可以这样表述，没有"我"身体的游走，也不可能有这首《分界线》。从诗的生成到作品的出现不能缺失一个运动着的身体。

说到这个"分界线"，就个人的写作来说，它也显出它的一种特殊的意义。以前在南方的写作是没有北方的。我是到了北方生活才发现南方。一度喜欢美国诗人毕肖普，着迷于她诗作中的南方与北方，她的出生与经历确实给出了一个她的南方与北方，她曾多次在加拿大、美国和拉丁美洲南来北往。她的漫游迁徙使她的诗歌呈现出"特殊的地理"和多重的空间与维度。

自从我的生活与写作有了那个天然的"分界线"，诗歌经验的维度与幅度发生了变异或拓展，我想再编诗集就将这首短短的《分界线》放在开篇。

是的，可爱的分界线鲜明地出现在了作品中，像《母亲之歌》中场景与细节都是南北的。到了现在才理解为什么要把参加母亲葬礼者的名字罗列于诗中，这固然受美国纽约派诗学的影响，在写着亲人朋友学生的名字时加入了隐性的感情（那些年在北方想念南方啊）。我是在四十岁找到北方的，诗歌出现那苍茫的景观，或者说我到了北方才真正认识生活多年的南方，我的故乡，在北方张望中呈现南方的人与事。《今晚》《棉花的香气》等诗参与营造一个小气氛，把这种意念与感情推向一个高潮。我有一个偏执的做法，总是过分在意一首诗切入角度，《棉花的香气》一诗的生成的角度让我把似乎消失的意象给呈现出来了。一首诗如果找到了一个相对有意味的视角，这首诗就差不多可以成型了；如果没有找到，它可能就出不来，也就别谈诗的空间、结构、张力与意味什么的了。

从北方回到了南方的写作，应该说是近年的写作，诗中的南北分界线才淡了些，或者说它内在于诗作的生成与组织。我想着它们南北含融于一体（如《北方旧居的石榴树》《友人家中寄宿的两夜》《给女儿》等诗作能见隐约的分界线但它含融于诗行间），看不见这个分界线，即便我曾经一度迷恋这个分界线。

② 木朵：《母亲之歌》给我最深的印象不只是"人的名字罗列于诗中"，还有"我看见……"这个主谓词组的结构起到的支配性作用。这应是一种最合理的悼念方式。按你的说法，这也是一首"能够被'看见'的诗歌"：这是对"看见"的看见。或在汽车后视镜中看，或"在国道上饥渴观看"，或"从落地玻璃窗望过去"，或在错乱集市的小餐馆"旁观"，或从一把藤椅中看到父爱……那么在多次观看中会受到怎样的启蒙呢？如何做到观看上的前后有别？大量外界因素加入，诗因此看上去更富有现实主义色彩吗？而附带的噪音，怎么祛除？

柳宗宣："看"确是个人写作中的一个关键词。我理解中的现象学其实是教我们如何观看的学问。看是一门艺术。你如何从不同角度瞄向或直观到你身体周围的生活世界，获得现实客体和意向性主体生成的意象，获得存在的某种真相，这是一个得持续做下去的功课。我认可情感是身体感知到的具有空间性的客观性的实体。诗的情感也是可以被"看见"的，诗的情感传达依存于视像与视像之间波动。在写《母亲之歌》这首诗时，克制了多余的抒情，因为它本来就在移动画面的拼贴与组合的空间和语调里；浪漫主义的微尘不得不在诗行中被拭去。我曾写过关于"母亲之死"的几首诗，觉得这首找到恰当的表达方式，完成了从传统写法的离身撤退。

我是从 20 世纪 90 年代初开始诗歌写作的，诗歌的实验试图吸纳当代艺术多种语言。自知起点很低，停留在对诗的老派的认知和写法中，其实诗歌写作应不断更新它的生成与表达，它似乎影响了相邻艺术门类的表现，当然也从绘画与电影、音乐等门类获得灵感。印象最深的是留意刘小东等人的绘画，其创作拉近艺术与生活的距离；对虚张的大观念的回避，愿意回到个人现实生活中，重新审视自己确切的不夸张的位置；喜欢描述日常生活，从非常具体的人和事件投射出情绪性、观念性的因素。当时，中国电影也开始出现第六代了。他们的摄影机不会撒谎，技艺考验着艺术家们的诚实。观念和语言上的革新出现了：纪录片与剧情片断开始交汇。即兴创作的出现。电影的叙事割裂剧情的连续性，甚至肢解音效和构图。绘画与电影的新的元素与诗歌实验开始互动。新的艺术形式要求着艺术家们为人们的观看提供诧异，为艺术发现提供新的可能。那年月，像这里、现在、此在、现场，成了当时的热门之词；私人写作将所在的地名、人名、生活场景写了进来，对个人生活进行近距离的细微打量。

20 世纪 90 年代中期我的《她穿过黑夜的楼顶回家》强化了诗的叙事。描述在诗中成了重要的元素。《上邮局》一诗叙事出现了超现实的画面与场景，还有双重互动的结构生成。《母亲之歌》一诗不能说没有电影纪录片不动声色的画面感，那看似客观的拼贴与组合。你提到的《俯视的目光》一诗的最后一句，确实看到了一个存在于高处打量我和身边虚空人事。这是在双看中的难得的"出神"。

20世纪90年代以来的诗歌写作发生着完全不同于20世纪80年代的实验。我的诗歌几乎成了"街头现实主义"。如你所说，大量客观意象在诗中呈现，是有那么一点如加洛蒂所提倡的"无边的现实主义"。现实主义可以在自己所允许的范围内"无边"地扩大。当下现实提供了诗的细节、场景和原生的意象材料，可是兰波的问题也随之来了，如何摆脱现实生活与诗歌文本间的矛盾？诗不仅是描绘世界，它要构造一个世界。史蒂文斯在诗中试图用想象力观照并改变现实，用诗的想象力赋予经验以秩序和形态；弗洛斯特的诗所呈现的多重现实，最后指向玄妙与抽象；秘鲁诗人巴列霍谈到新诗歌时强调现代生活提供的物质，必须被精神所吸收，再转化为一种新的感性。这个转化之功确实十分必要。加洛蒂在提出无边的现实主义理念后，也补充了"抽象现实主义"的概念。艺术最终要创造出全新的词语的现实，这是被摧毁了的现实，感性但非现实。要经过如此转换是很难的。如何祛除诗中外部现实的噪音？我想，包含弱化诗的现象描述，词语不可过分黏滞于现实的泥淖，从现实场景的束缚中解脱出来，剔除现象描述中非诗意的部分，呈现对自身生活抽象的领悟，让词语运转腾挪，进入词的互动生成，并精心于诗结构的营造等，这方面的努力会使诗语言的现实从文本层面真正展现出来。

③ 木朵：现实会教我们还可以怎么理解"现实主义"，比如在《牙科诊所》这首触及疼痛的肉体之现实的诗中，"鸦雀"扮演着推动情节发展的精灵，像这种非现实因素——也可理解为抒情符号——给一首涉及当下处

竟的诗带来不少便利，它让诗看上去更富有生机和逻辑，也增加了人与他者周旋的戏剧性。如今，对一只鸟、一棵树或一弯残月的描写，容易被认为是老套的、不解迫在眉睫的现实之风情的做法（另一方面，当代诗人要把这些事物吟咏到位也很难），然而，不经意间，鸟儿还是溜进了诗中，即便是一个配角，也让人受益匪浅，比如《大别山中》就靠"奇怪的鸟声"来收尾。现在，你可能会怎样来写一首纯粹的咏物诗？

柳宗宣：《牙科诊所》中的那只鸦雀确不同于传统咏物诗所兴叹的客体，它是现代诗歌场景里一个与主体对应的细节。它也不同于波特莱尔诗中的"信天翁"，一个比附或象征体，即诗人形象的隐喻。这只鸦雀只是这首诗中一个小小声部，参与了此诗的合奏与生成。确如你所说，它的再现给全诗带来了某种戏剧性，它的出现似乎比衬着我们的痛苦世界，它隐隐作用了我们在诊所世界的痛苦感知，它既是写实（新写实），又有散逸开去的意味，难以挑明，影影绰绰。如果没有它的到场，诗也没有写作它的冲动和乐趣。它是一个自然世界，同时，也是一个想象的世界，虽然这个世界退避出我们日益膨胀的欲望，渐渐从我们的生活世界和语言世界里消失，这个世界还有什么"物可咏的呢？"

从这个角度来说，它在我们的语言世界里出没现身，必然是飘忽断续偶然的，你无法赋予它相交融的客体并去咏叹它。我的写作存在主义意趣颇重，注重呈现个体生命的在世感。目光总是盯着自我，在状写个人境遇时偶尔打量外部。所以这只鸦雀的出现加深了在世的痛感。在人的世界里实在是转悠太久，突破不出去；什么时候能向外部世界投向它短暂一瞬——能以物观物，而不仅是以我观物。这"鸦雀"又似乎是对专注于自我的一种唤醒，一种自我的镜像，隐隐昭示古老恒常的生活形态（把我们抛弃了或我们失落了它），是我们对可能生活的一种张望形式。这样说来，鸦雀参与了对诗意的反思与审察，这鸦雀以它的轻盈反衬出诗思的凝重，而且它触发了对痛苦的多种现实的打量。对鸦雀的看，或诗歌里的看，看也是感知，看就是在思想。对它可见性的描述以及对可见性中的不可见性的想象，使此诗涌现出模糊的多种层次，甚至让人生出福科的"目光考古学"的联想——鸦雀暗含着对不可见性的思考。

而《大别山中》一诗中的那只无名鸟的叫声，它只是繁复意象与物象中的细小元素，不过它也是让人写作此诗的必要的媒介，或者说它把其他的物象与意象聚拢在它的叫声里，与写作者和读者发生共鸣，或者写作者强加它的声音。其实，它的叫声里能有什么绝望与寂寞，是我们产生的情感联想并加诸于上，你在内心听到了那个呼应并借助它给予传达。所以说我的写作是老派的，还有过去浪漫主义诗学的痕迹，它隐藏着，常常在诗的组织与意象的采用等方面露出它的尾巴。

如何写出真正意义上的咏物诗呢？史蒂文斯的《观看黑鸟的十三种方式》会给我们启发。此诗中的黑鸟也不是传统咏物诗中具体的黑鸟，或以我观物的对象，史蒂文斯这首诗以变幻多姿的语言形式昭示想象与现实的关系，黑鸟不是与我们对应的一个自然物，它可以说是一只想象出来的黑鸟，表达的是想象的可能性，那是纯粹语言创造出的与世界和存在的关系，更新了我们对诗的经验。

交谈至此，自然要提到里尔克的《豹》，它是所谓咏物诗的范例，这咏物诗不是借物述怀，也不是我们常言的象征诗，用作者给萨洛美信中的话来说——创造物来，不是塑成的写就的物，那是源自手艺的物——这也与他听从罗丹提示有关，从后者获得了观看的技艺，他创作的物诗将世界的可感性提高到最大限度的自觉，在观看中使自身的敏感趋至理智和实体化。那只豹是自我对象的同一和感情的客观化；或者说他让诗化成了物或豹，构成了我们用心灵思想的纯粹图像。

④ 木朵：关于看的视角问题，一提史蒂文斯，我就想到 R.S. 托马斯《十三只黑鸫观看一个人》这首身手敏捷的诗。《棉花的香气》可谓你的代表作，谈论你的写作史，绕不开这个缓坡；它以"你""我"配对模型开展叙述，但是，"你"这个角色处于被动位置：作为一个当事人单方面臆想的洼地，作为一根即将断裂的情感纽带，没机会从她的立场来审视"我"，被"我"所营造的乡愁钳制，正如《烟草》在回忆"父亲"形象时，也不从'父亲'眼里看世界，依然受乡愁召唤。你对"故乡"的思考似乎停止了——关于当今农村真相的描述因人废言似的，否认那里再一次生发"棉花的香气"的可能。绝望的乡愁，除了寄托浓烈的怀旧形式，农村还有怎样的面目？还能怎么写？

柳宗宣：承接上面所谈到的里尔克的《豹》，诗人是用豹的眼光来看外面的栅栏与世界，视觉从"我"转移聚焦于"物-豹"本身来写，就是说设身于豹的感觉的"焦点"，咏物诗通过严苛的观看将诗化成物，豹即成了塞尚画中苹果一样的客体。这也类同于提到的 R.S. 托马斯的黑鸫看人，写作者转换人的欲望与视角，用动植物的欲望和眼光去视听。

《棉花的香气》一诗有角度生成此诗的讲究，两个女人之间的迁移转换。"我在别的女人身上体验你"，自然过渡到早年乡村生活的描述，其实写的是个人的成长史（情爱史），与童年少年的村庄相关，但意向不仅仅是停留于此。棉花的香气只有在过去幻美的乡村方能闻到了，对爱的渴望以及对美的感知还有它们的流逝在诗里得到呈现。这首诗其实是对过往少年青春时光的祭奠，或者显现了一个中年男人的空虚，企图从既往获得安慰的愿望。这个消失了的与乡村相关的人事场景转移到身体里，那年在北京，不由自主地在一个契机的作用下把它们找寻回来。

我从来就没有写过所谓的乡土诗，也不会像一些人那样去写新乡土诗。乡村对于我来说，就像它的一个客人。我是乡村的旁观者，一个想回去而至今未成行的离家的行者。我最多是在异乡城市把它偶尔眺望一下。我是一个写着自身境遇的作者，我的境与遇同乡村隔膜着，年岁既长，总想着回到童年少年生活的地方。我也在外部做这个努力，从北方回到南方的省城，走在回到出生地的途中，现在还停在城里观望它。前年在故乡写过一首《村庄的暂居者》，近年来写作的《孤岛》《江汉平原的雨》等诗有了深化，这在我看来也不是所谓的乡村诗，它里面有更多的关于存在的况味。如果如我所愿我真正生活在了那里，我会有更多的关于家乡的诗作问世。我渴望着像 R. S. 托马斯将他隐居了几十年的山村人事转入到词语中来。他的诗歌作品背靠着一个威尔士北部的山村，所以他的诗坚固不朽。

不过 R. S. 托马斯写作的也不是我们同时代人所写的乡土诗。他是一个传教士，一个有着开阔眼光的诗人，他诗中的山村只是为诗提供了背景或场景，更多的是他与隐身的上帝对话。

话说回来，我在故乡早年的乡村生活经历给我的写作抹上了泥土的底色。这命定的东西隐隐作用于你的为人处世、审美眼光或情感寄托方式。这些年我的乡愁几近绝望或死掉了。在这个改天换地的时代，乡土几乎沦丧殆尽。我们病态的乡愁将指归于何处？

你提到的《烟草》，是从城里一瞬间对消失了的故乡的回望，如诗的结句所写，随着几秒的烟草气味的消失，故乡也随之消失而隐退了。

我曾在《蔚蓝苍穹》写过——把目光从乡村和人造的自然转向了街头——像波德莱尔写作他的"恶之花"，像他置身其中的"巴黎风光"。你可以看出我在其中的徘徊不定的省思。

如你提醒，关于乡村的诗是要写的，我曾发愿用散文形式写故乡江汉平原的二十四节气，它的方言与残存的习俗，要写它那里流布的河流，我发现我身不由己的诗创作无意识地向那块土地靠拢，我曾写过《停驻汉江泽口码头》《河流简史》，写作有一种要回到生命源头的努力。尤其是到了我这个年岁，又在北方闯荡过多年，对自己父辈生活过的那块土地的过去和当下乡村生活的真相是有必要靠词语去发现并保存的。去年，我写作《平原歌》《母亲的陶罐》，这远远不够，我会不停地挖掘一些出来。我一直喜欢着爱尔兰诗人西尼，它诗中呈现过"木斯滨"：他童年住过的村子，有一个自然主义者的死亡。有乡村警官拜访，也有盖屋顶的人，还有《非法份子》中的交配的公牛。不过，他写乡村用他的诗话说，是为了认识自己，使黑暗发出回音。西尼找到了自己个人的诗泉。

⑤ 木朵：《步行过琼州海峡码头》可谓是你技法与情感形式的一次综述，从被描写之人身上审视自我的生涯，古今时空交错，一往一返模式下的人生磨炼，四海为家、原点难觅……点点滴滴，仿佛伫立那海峡只有你才最懂苏轼的心弦。这也说明只有"练习逃亡的艺术"（《汉口火车站》）的诗人之间才心心相印。逃亡与归来，已然成为你写作上最重大的题材。"你驶向你的孤岛"就像是对自我身世的预言和已有经历的概括，这个短句不由得让我想起叶芝的两首诗：《湖心岛茵尼斯弗利岛》和《驶向拜占庭》，仿佛你的目的地就是二者的结合。我想，到现在，读者最想知道的是，在南方和北方双重体会过孤岛滋味之后，下一步，你将如何寻觅感情漫溢的新大陆？

柳宗宣：前几日我们谈到乡村诗，我想我要写就会写像陶潜那样的《归田园居》；我常想陶潜为什么在中国诗人中那么重要，作品也不多，薄薄的一本集子，却成就了诗人不朽的声名。几千年过去，你不断地回到它的诗章中获得安慰和启示。陶潜的伟大就是他一生的身体力行。他的超然物外、亲近自然，他的不求仙饮酒，不求形体长存而独守任真。当代诗人里我喜欢着张曙光，他的一首《夏日读陶潜》，通篇五节无一行提及陶潜，但他对陶潜的热爱与对话包括诗的形制，都有回返陶潜精神与之对接的愿望。

苏轼也是陶潜的热爱者，把陶潜当成了他的前世。这些年我也私下爱着这两位古人。《步行过琼州海峡码头》几乎是脱口而出，当我张望琼州海峡，苏轼的身影就浮现出来，穿越交错的时空，他迎面走来。你的解读是准确的。如果没有这些年的动荡生活与几十年不懈的修为，我不会唤醒心中的这个人物。你可以看出我是在理解着这个老人，以我的动荡人生展开着与他的沟通。诗中有一句："越来越知晓离弃：身处的束缚与困境。"那是自我与古人的对话。在诗的结尾，那海上停歇的是"虚静的行者"。对行者的修辞是我理解的古人的形象，也是我渴望达到的人生之境。无超脱即无虚静，也就不可能成为一个行者，也不能驶向我们的孤岛。写了几十年的诗，最后发现它是人生修为的一种承载形式，人修行到什么程度诗的境界也会随之相配衬。诗中有一句："来去的淡然漠然映入海容天色的澄明化境。"这是我对古人理解或自己所要达到的海容天色的化境。没有这些年的逃离与归来，在这个时代被挟持与持续的周旋对抗而来的省思经历，这样的理解与诗作不会从写作中到来。这些年我的逃亡是为了个人写作（离开潜江小城去游历旅居北方打开自己的视界更新诗的意象）；我的归来也是为了创作诗歌（荆楚这里有着相较于北京更多的时间与生命里必要闲暇和静思空间）。我一直为苏轼庆幸，在他身处的时代，他个人的流亡反倒成全了他不断更新的作品。

很高兴你提到《汉口火车站》，你看出了我的人生将重新开始的逃亡与归来。确实如你所说的，我们都在驶向自己的孤岛。在我们交谈前，我完成了一组诗《一意孤行》，前往何处呢？山中、禅寺、大海，那可能就是我要驶往的"孤岛"。我的近作《通往海的路径》有一个词，背离，背对着人世，向海的深处游去。

你提到叶芝，比附着来交谈，契合我之心意。我的未曾谋面的弟兄，尔的细心与博识让我们的心更近了。我的背离，我孤身前往的大海、山中单寺，同叶芝动身去往的茵尼斯弗利岛和驶向的拜占庭存在着某种精神上相似。至少，我们要为自己的生命获救与重生而前往。一个超脱虚静的行者对这人世还有何求，除了能找到新的意象。他有着不顾一切寻找它的紧迫感。"我的眼前浮现的是意象，生产出新的意象。"（叶芝诗句）他要把它熔铸到新的诗篇中去。

⑥ 木朵：在早期作品中有一首短诗《记梦》，谈及了你和"流浪的燕子"的联系，而这种联系切实得到巩固是在《燕子，燕子》中，不但长度增加了，而且，燕子的拟人化、自我化更为激烈而明确，"你是我的我是你的"。无论是流浪、迁徙，还是飞翔、筑巢，燕子的行动被人选择性地摘录出来，对应于观察者的生活实践。实际上，诗中主题始终是对自我处境的观察、反思，但更为隐晦的主题是，人对时间流逝的感喟，也就是《燕子，燕子》最后一章所谈及的"燕子不认识变老的你"。时至今日，"变老"作为一个紧迫的写作主题，已经演变出成熟风格的脉络了。不过，对于更关心诗艺的读者来说，他们兴许更感兴趣的是，在谋篇布局时，《燕子，燕子》是如何渐渐显露出其结构的？是取生活的十三个片段——对应，以反映光阴荏苒之透心凉，还是照顾到包括复沓这一古老技法在内的种种写法的需要，不断制造诗意的震颤，以表明"燕子"这一客体拉动诗之新弦的其他可能性？

柳宗宣：《燕子，燕子》一诗是在我 2013 年的写作中偶然到来的。当时我正在写作《江汉平原的雨》《孤岛》《母亲与陶罐》这些诗，陷入回忆的专注。同事的微信问候，让我重新处理这首诗。第一节中的句子是忽然冒出来的："燕子在飞。/ 燕子为何筑巢在你家屋檐 / 堂屋梁上，而不是别人家的"这让我手脚忙乱。我把写燕子的旧作翻找出来，重写它的时间到来了。这首诗写了十几年啊，从湖北写到北京，又写回武汉，觉得没有处理好，这次总算满意了。

在处理此诗时，打乱了时空，将个人生活关于燕子的不同时空发生的场景交错杂糅，放弃常规的线性和情景的结构模式，扬弃过去写作黏滞于外物和所指的毛病，从精神内里、词语本身的要求来进行不同场景的剪贴和串联，装配与构成，使之成为一首有机的诗。诗中既有以物观物的描述（第3、4节），也有平行的复调叙述（第5节和8节）、情景交融的呈现（第9节）；还有自白诗处理个人生活事件的旧技（第6节），我倾向于毕肖普的不过分地动用它们，保持有风度的节制与冷静。当然有诗的沉思和独白（第7、13节），更有想象中出现的情景（第11节），我一并将这些交叠组合，向前推进，抵向非单一的多维的发散性的诗性空间。可以说，此诗的写作应和梅洛·庞蒂的存在论诗学的交织理论：身体主体与客体的交织，我们的身体与他人身体的交织——燕子诗就是各种存在的交织物。在最后一次修正前，我将十五节调理到现在的十三节。这是诗的内在的结构要求在起作用，作为一个写者服从了它，写作它时有些迷恋诗节奏的变异，不仅仅注意意义的传达，更关心诗句的意与味，意味相互透显出如本雅明所言及的罩在作品之上的灵韵。

处理完此诗，欣然去找身边的朋友喝酒。在诗章中抹上了跳荡变异的乐调，这可能与以前听迪里拜尔的同名曲子有关，与个人不同阶段变异的情感有关，更听从了写作时内心即时的音调与节奏。一首诗的成型，有多少存在作用于它的问世，或者说时间在写作着一首诗。

早年在江汉平原的房子就有两只燕巢。在北方的筒子楼租居也碰到燕子。它的叫声穿透了我的身体，或者说，我和我的燕子就是一体，它参与了这几十年来个人生活的离走与归来。确实，我与燕子有着非同他人的私人情分。我对燕子有着无产阶级感情。你提及早年的《记梦》旧作，让我想到一个意象是在个人生命中生长出来的。也可以这样比附：时间中到来的智慧让叶芝写出了《马戏团时动物的逃离》，它也作用于我对诗的理解。我的同事言及 2013 年写作的《孤岛》等诗，说它们表现出"随时间而来的智慧"，语调平静而富于内涵，有着某种超脱的虚静感，它不再像年轻人急于表达自己的处境，宣泄情绪，而更多的是一种静观，是经由心灵重新编排过的图案和视像——这一切皆从个人时间中到来。写了十几年的《燕子，燕子》一诗，它真正地安慰了一个写作者。

⑦ 木朵：像《河流简史》这种主题诗，在个人写作史上只能作为唯一的一首记述"河流"的诗，凭借它，你几乎将关乎河流的种种印象与情感都一饮而尽了，得到了一次彻底而完整的"技法上的清淤"。光是那么多河流的名称就超出了一个人的记性：这首诗几乎不可能即兴而成，读者仿佛看到诗人正趴在地图（或《水经注》）上寻找大江小河的走向与上下游关系。一方面，其中一些河流切合了你的实际旅程与身临其境的感知，必须将它们一一体味为"荆州的一根腊肠"，品咂出人与河流的共命运，另一方面，这么多大大小小的河流，混合在一起，如何安排座次（排名）才不致泛滥，又为何让异国的几条河担当这首诗——它不也像一条分支众多的河流吗——的尾声？

柳宗宣：《河流简史》这首诗可让我用了很大的心力。可以说我近几年都在写它。几个月前我到了老挝的琅勃拉邦看见湄公河，也将其写入诗中。而最初写它几经周折。它是一首《去看府河》的拓展性的改写，初觉《去看府河》可以，后来发现此诗的语言太过于抒情与表白。府河在武汉城郊，我时常和诗友到那里转悠。也常独自驱车经过它，在车上冒出这样的句子："你是我身边的河流／你把我的身体带远。"

重写《河流简史》，这样的句子在诗中消退了，这样的改变被你看见了，确实是"技法上的清淤"。重写时放弃浪漫情感的主观表达,注意力转移到对河流的描述与呈现。细究起来,这可涉及哲学观念的更新。在意身体的意象性而不是意识的意向性,身体力行中展示身体与河流人性的沟通。语言的视角随之发生扭转:让诗句排除先见和情绪上的渲染、价值上的判断,试图进入描述的事情本身,突破自我的视点。就是说动用直陈式的描述,去除诗歌表达的多情善感,加入了现代的开放、接纳、观察和理解与包容。(《河流简史》的写作让我找到了新的表达,新的语言方式在《行走的树》一诗中可以见出其延续)。

形象地说,就是尽可能地让词语的河流自身流转。这些来自个人直观或间接体认的河流,无论如何不会脱离写作者精神的痕迹。在写北方的拒马河和家乡的东荆河时,我完全倾注了自己与河流交融的在世游走的身世感,左右着这些河流的转徙。如你所说,确有品咂的意味。我想写出的是不同于翁加雷蒂的河流,也不是阿什贝利诗中呈现的河流。在这首诗中,自然不能做到纯然客观的呈现。当你看见这样的句子,你会停一下:"跟人一样,东荆河有情绪起伏/季节性地,突然改变了河床/流转着开创陌生的道途"从河流的转徙,情感的暗流在起作用,还有河流与河流间本身内在的串联。我要做的是控制诗句,不要让情感漫溢甚至泛滥。至于说到如何收束此诗,何以用异国的河流来结束?我想,一个人的河流它不可能停止于某处,它必须流转,朝向更广大的世界,并与之交融。

是的,河是流出来的,诗是走出来的。没有这些年的行走,此诗也不会呈现这样的局面。可以说,这些年的行走改写了我的人生,扭转了个人河流的走向。而河流就是河流,一条河流是无国无家的。之前,在写作《去看府河》一诗时,结束时呈现出情感的灰暗和逼仄,我想这样可不行啊,得朝向更大空间的漫游与流徙。可以说,河流形势的变化与自己精神路途有着某种关联。是这样的,你得听从来自河流的野性与苍茫的暗示:在不安的水面，随波逐流。

⑧ 木朵：像《行走的树》这样的诗，注定也要面临"近几年我都在写它"的进度，时空交替中不同的树种造成了人之处境的诗意呈现，不妨说，像"树"这种介于古典与现代、浪漫与现实、抽象与实在之间的天使，见证着诗人的心灵史铺开，又为人代言那繁茂的思绪如何形成一个体系。一首诗反复修改，尤其是对未尽之言的添加，已变成语言与树木的友谊之发现。树木所及之处，恰是语言之根勃发所在。一棵树不是它自身，而是历史意识弥漫的空间，又是文学惯例在开枝散叶，它的真貌由不得语言逗留它的阵阵呢喃，而是必由其他的树不断呼应才真切形成意义的森林。太多的树被纳入其中，树与树的差异正考察着人的命运起落，"细辨刺桐和红棉的区别"正是在体认人的爱的阶段性，或努力发现一个最得体的归宿。

柳宗宣：《行走的树》一诗反倒没有写《河流简史》来得那么曲折，几乎一气呵成，不像写河流诗时多有增补，可能是太熟悉这些树木。另外，写之前有充足打腹稿的时间。写到中间部分，一些熟悉的树木纷纷奔向笔端。人有说不出的激动，仿佛与老友重逢。对事物的印象与感知，我的勇气、充实的人性、伟大的同情心，都来自这些亲爱的树木；它们缓慢地成长，持续成为性格中的真实部分。我爱上了它们，被它们的神秘、沉默的力量和无与伦比的美所捕获。我让它们一一落座到诗句行间。写到了第四节，那种气韵逼向高潮。是啊，那些诗句似乎从本性的源泉中自发地流涌出来，最后，余波荡漾到诗的尾声。

这里想强调的是，此诗描述的树木，它不是触媒，不是喻体。它就是生命，个人的生命和它们的生命相遇，在不同的时空和生命的不同阶段，在个人现场，也在阅读中，在当下瞬间，也在突发的回忆里。它们确实是

"天使"，呈现的是写作者与它们之间的友谊。这就像之前我们谈及的燕子诗、河流诗，在诗中写作它们时，不是把它们当成一个呈现的外物，一个工具或手段，而是呈现和它们的相遇建立起来的感应，一种与树木形成的对话，创建出非预先存在的关系。这类似于惠特曼所说的：人体与树木间双向发生的联系，共生出亲善的关系，甚至是与树木情谊的书写。人必须创建与他者关系，在诗中形成一个整体。当你看见桉树、菩提树、波罗蜜树，那种激动，那由语言焕发出来的感知，你惊叹于它们的存在，确实一棵树不是它自身，是历史意识弥漫的空间，它们就是生命、语言、文化、宗教。当写下这样的句子——你就是想成为无用的栎树／而不愿做一株有用的／被砍伐的中道夭折的漆树——这文化历史中的栎树沾染了种族的血液和智慧。当你的笔下涌现这些句子，这不是你个人在说话，你听到了庄子的回声，穿越了久远的时空，在你的诗行产生回音。而当写下这些句子："不居山林者，不可论树木／在所有树木中，唯有栗树／敲打过你——拾栗子的执着／"这里有个人的现场经历，也能见出东方禅宗身体性的潜入。一个写作者得服膺于语言更大的存在，一个人与一棵树，一棵树与一座森林，一个人与更广大的存在。

有朋友读及此诗，评价此诗写得高古，有着"畸人乘真，手把芙蓉，泛彼浩劫"的超凡与脱俗。我完成这首诗，除了解放的快感，还有被掏空的体验，有挖掘出某种东西的满足感，还有针砭流俗的畅快（一株无名山毛榉，你不可用乌桕／来要求山毛榉，也不可因香樟的花蕊去非议——青桐的阔叶）。一个从小村庄走出来的类似于柞树的小青年，这些年的独自行走，历经那么远的地方，邂逅了那么多的树林，情不自禁喜爱着理解着它们，在它们散逸的空气中呼吸，在诗行间感应与生成，形成有意味的个人的森林，并藏身于词语的森林。一个卑微生命与树木在一起，他的时空经历情感爱好保存在对这树木的书写之中。这些树木，这些诗行成了收藏流逝生命的空间，隐隐找到了某种归宿感（人渴望成为语言文化传统的一部分）。行文至此，突然想到朋友践行的树葬。他计划死后就将自己的骨灰埋在自己种植的一棵桦树下（成为一棵树的养料）。多么好，你的生命成了一棵树的肥料。没有比这更美丽的事情；你消逝了却还在参与一棵树的生长。

2012-9-10 至 2015-3-18，宜春-武汉